# 深泥丘奇談

續續

綾辻行人
Yukito Ayatsuji

高詹燦—譯

導讀

# 一位推理小說家源於日常的怪奇發想

推理評論人、復興電台「偵探推理俱樂部」節目主持人／冬陽

在談論綾辻行人「深泥丘世界」第三部短篇連作單行本《深泥丘奇談．續續》之前，我想先提一樁發生在將近一百年前英國的真人實事。

作家C失蹤了。她已經出道六年多，累計發表七部小說，最新這本在半年前出版，讀者的反應不錯，雖然對其中某個關鍵橋段的設計略有微詞，覺得欠缺說服力，但是並不影響整體好評。警方先是在公路旁的溝渠尋獲空無一人的轎車，所幸車上暫時沒發現駕駛人遭遇不測的明確跡證；新聞媒體花大篇幅報導，不僅僅是因為她身為新星小說家的名氣漸升，軍官老公的婚外情更是值得大書特書的八卦重點，難道C是因此深受打擊才駕車出意外？但又為何人間蒸發般遍尋不著呢？

眼看日子一天天過去，C依然下落不明，心急的警方把腦筋動到前輩作家D身上，畢竟D曾經寫過一系列膾炙人口的偵探故事，或許能提出不一樣的看法。然而D的回覆卻是：「從車上遺留的手套來看，再過幾天應該就會有C的消息了……我信賴的靈媒是這樣感知

到的。」什麼？等等，有沒有搞錯？D不是用天賦異稟的邏輯推理能力循著線索指出C的行蹤，而是訴諸超自然感應力量？

C失蹤十一天後，警方終於在一家水療旅館中找到毫髮無傷、但宣稱失憶的她，這樁尋人記遂草草落幕，動機始終未明。我知道你一定好奇作家C與D到底是誰，在此揭曉答案：C是名偵探白羅、瑪波小姐的創造者，人稱「謀殺天后」的阿嘉莎·克莉絲蒂；D則是更加鼎鼎大名的神探福爾摩斯之父，青壯年時期寫偵探推理，晚年轉而信奉唯靈論的亞瑟·柯南·道爾爵士。

或許，我們可以從克莉絲蒂與柯南，道爾的真實人生經歷，來去應對同樣寫解謎推理小說的綾辻行人，他如何能開心自在地優游於理性智性沒那麼打緊的「深泥丘世界」。

《深泥丘奇談》系列的主述者「我」是位本格推理作家，從第一個故事〈臉〉到最新（近）的〈貓鎮〉，時間跨度為十年（二〇〇四～二〇一三），歲數也從四十多自然成長到五十多，主要的活動場域是在京都，但在本書收錄的〈閉關奇談〉短暫去到了東京。

熟悉小說家綾辻行人的讀者應該很快就會發現，這個「我」幾乎就是綾辻本人的化身，最顯著的差異在真實世界的京都並沒有「深泥丘」這個地點，但有個名字相近的「深泥池」——位在京都的北方，面積約九公頃大，中央有個夏季會浮起、冬季會沉沒，植物殘骸碳化堆疊形成的浮島（因為水位起落而隱現，不是本身會浮沉），略帶陰森的景觀和詭譎的氣氛被人們穿鑿附會許多古老傳說與現代怪談，而有「深泥池是惡鬼穿梭人界的出入口」這個說法。不過綾辻行人倒是屢屢跳出來澄清：「故事發生的地點是以我現在住的地方為模型，也就是我生長的京都市鎮，但作品中所說的『這個城鎮』其實是『另一個京都』。真正的京都沒有深泥丘，可是有深泥池，而且深泥池附近的確有一間醫院（京都博愛會醫院），但它並不是深泥丘醫院的原型……『另一個京都』是相當扭曲的，請讀者們要小心。」

我認為這兩個京都可以視為一種緊密相依的表裡關係：表京都是現實的、大眾普遍認知的，裡京都是虛構的、綾辻行人專屬並且悉心建造的。裡從表而來，人們的生活作息、古都流傳的靈異說法、乃至於文學漫畫影劇等大眾文化訊息，都從表層緩緩滲進內裡，洋溢樸實無華的日常感；裡自心而生，人際交友的互動往來、病痛侵擾的求醫體驗、甚至連在飯店閉關趕稿的心事誰人知，這些深埋在個人生命經歷底下的煩躁、欲念、恐懼等情緒相互糾纏，形塑出讓人稍感不安、扭曲性格中帶有一絲黑色幽默的異想世界。在這個世界裡，熟悉綾辻行人的讀者難以援引館系列的邏輯理智、殺人鬼系列的暴力血腥、耳語系列的懸疑驚悚、Another系列的災厄恐懼，最接近的可能是《眼球特別料理》飄散的異色離奇（但去除大部分的噁心感），而以短篇奇談之姿另成一格。初次接觸綾辻行人作品的讀者可以純然享受有別於彰顯妖怪異能的怪談故事，欣賞作者如何將生活中的吉光片羽化作一段優閒又詭異的輕裝步行，在「另一個京都」裡恣意漫遊。

即便如此，每個故事綾辻行人依然以「神祕謎團」作為發端，只是不拘泥於結構嚴謹的偵探推理路數，沒刻意要著手解決這些詭譎的事件。但這才是你我的日常不是嗎？不必凡事打破砂鍋問到底，留一些不理智的幻想在腦海中浮想聯翩有什麼不好？也許作家自己也察覺到了，三本書的後記針對各個故事發表簡短解說，多能對應到十年間書寫其他份量頗重的作品之時，有一部分的精力悄悄散逸到深泥丘世界來，在另一個京都得到喘息，而且還保留了綾辻行人向來帶點惡作劇小男孩的視角，問道：故事為什麼不能就這樣走下去，停在那教人愕然的一刻？

就像阿嘉莎·克莉絲蒂一生中從未向他人解釋失蹤的十一天發生了什麼事，她最初的動機究竟是什麼；亞瑟·柯南·道爾也無須保持在筆下偵探服膺理性的精明狀態，沒人能阻止他擁抱神靈的力量。綾辻行人則決定寫下源於日常的怪奇發想，建構出這個讓自己舒緩自在的世界，並且用一派輕鬆的態度邀請你好奇一窺——

歡迎進入《深泥丘奇談》最後的故事。（PS.我相信作者會忍不住再次造訪的。）

獻給可羅助★

★譯註：可羅助是作者的愛貓，已故。

# 目錄

# 剋流感

# 1

好久沒像這樣到家住鎮上北邊外郊的朋友家了。

這位朋友姓海老子。我們從大學時代就認識，算是老交情了，他和我很像，都是同一個業界的自由業者、已婚、沒有孩子，但他和我不一樣，他邁入中年後一樣身體健康，而且還是位美食家。和我不一樣的是，冬天他會去滑雪。還會下圍棋。雖然姓「海老子[1]」，但他和我一樣，很愛吃蝦蟹這類的海鮮。

真的好久沒到海老子家拜訪了，所以那天晚上我們聊得特別熱絡，等我意識到時，早已過了半夜十二點。「打擾到這麼晚，真是不好意思」，我向他妻子道歉，就此告辭，應該是在凌晨兩點前踏上歸途。

海老子家所在的「鎮上北邊外郊」，雖說是外郊，但得從市街翻越兩三座山頭才到得了，若從我家出發，開車得花上將近一個小時的時間。以前我常去拜訪他，順便當開車兜風，但這幾年愈來愈懶得開車。也因為這個緣故，才會「好久」沒去拜訪。

雖說懶得開車，但我現在還是偶爾會半夜獨自駕車外出。像這種時候，我車內音響播放的音樂固定都是 GOBLIN[2] 或 DAEMONIA[3]，而今晚從海老子家回來的路上，我在車內挑選了 GOBLIN 的知名唱片中數一數二的《PROFONDO ROSSO[4]》專輯反覆播放。

夜霧濃重。

在市街的馬路上，下個紅綠燈的亮光只在前方出現朦朧的微弱光影，當車子逐漸往我位於鎮上東區紅叡山山腳處的住家駛近，霧氣也隨之轉濃。我從白沼通轉往山的方向，在路燈稀疏的坡道上緩緩前行。在因為濃霧導致前方視線不佳的情況下，持續播放的又是GOBLIN的音樂，老實說，有點可怕。但怕歸怕，喜歡恐怖電影的我，還是覺得這樣挺愉快的。——然而。

馬路略微變窄，坡道突然一下子變成陡坡……如果不是起霧的話，來到這一帶應該已經隱約可以看見我家了。這時剛好從〈DEEP SHADOWS〉這首曲子切換成〈SCHOOL AT NIGHT〉不久，時機當真湊巧——

我就此遇上奇怪的東西。

就像從遮蔽前方視線的濃霧深處冒出似的，突然有個偏褐色的東西……

咦！就在我大吃一驚的下個剎那，我看出那是一道人影。

【本書註釋全為譯註】

1 日文的海老是蝦子的意思。

2 義大利知名前衛搖滾樂團。

3 原本GOBLIN的核心人物Claudio Simonetti另組的樂團。

4 電影《深夜止步》的配樂專輯。

一個身穿褐色衣服的人……而且個頭很小。那不就是小孩子嗎。

我急踩煞車。

但那孩子無意閃躲。

由於是在濃霧中，我放慢行駛，幸好車子馬上停下，沒造成衝撞事故。

那孩子站在馬路中央。儘管正面承受大燈的亮光，但他不顯一絲怯色。

因霧氣濃重，看不清他的長相，但看起來覺得還很年幼。從他連一公尺都不到的身高來看，應該是還沒念小學的幼兒。

像他這樣的小孩，怎麼會在將近凌晨三點的這種時間，自己一個人在這種地方呢？

我當然覺得可疑。同時也不禁感到一股難以言喻的陰森。

他的監護人就在附近嗎？還是說，他真的是獨自一人？這時候應該跟他搭話嗎？詢問他是怎麼了，並視情況……

就在我為此苦思發愁的短短兩、三秒的時間裡……

那孩子的人影倏然移向一旁，消失在車燈的亮光外。

正當我心想「啊，怎麼辦」，緊接著，在很近的距離下傳來「碰」的一聲。聲響來自駕駛座的車窗。

轉頭一看，顏色蒼白的兩個小小的手掌緊貼在車窗上——

「哇！」

我忍不住發出近乎尖叫的聲音。

就在我眼睛用力一眨時，車窗玻璃上的手掌消失了。我搞不清楚是怎麼回事，就此打開駕駛座的車門，衝出車外。

在濃霧中隱約看見那孩子跑遠的背影。留下像是「桀桀桀桀桀」的可怕笑聲。

那是十月下旬某個星期二的夜晚——不，已是隔天，所以是星期三天明前發生的事。

## 2

三天後的早晨，我因砰、砰、砰的聲響而醒來。

那是很激烈的爆炸聲，一時間我還以為發生了什麼事，但接著我馬上明白，心想「唉，又來了」。

砰、砰……這是獵槍放空砲的聲響。一定是猴子又來了。為了驅趕破壞農作物的猴子們，地主才會這樣放空砲發出聲響。

有幾個日本獼猴的族群棲息在紅叡山裡。從以前就聽說牠們會下山來到附近的村落作亂，但從今年年初開始，也不時會在我居住的這一帶出沒。

這附近有不少農田，再往前走一段路，甚至還有Q製藥的實驗農園。辛苦栽種的農作物被猴子們破壞，想必無法忍受吧。

這裡雖說是市內，但其實地處山邊，所以原本這一帶就有各種野生動物出沒。不太會飛到市街去的野鳥就不用說了，像鹿、山豬、狸貓、鼬、白鼻心等哺乳類動物，也都有人目擊過。

對農家來說，鹿和山豬都是令人頭疼的「有害野獸」，他們肯定是全力苦思對策，不過這些動物不會跑進圍牆環繞的民宅內，所以我和我妻子都處之泰然。——然而，如果對象是猴子的話，那可就是兩回事了。

牠們會輕鬆翻越圍牆，闖進庭院。大肆破壞庭院樹木或花圃。損毀物品。還會大搖大擺地爬上陽臺或屋頂，四處走動，最後還不時會在意想不到的地方留下排泄物後揚長而去。……這類的災情，我家已遭受過不只一回。

因為有這種情況，所以有些地方一早像這樣聽到放砲的聲響，反而會感到鬆了口氣。如果猴子會因為「嚇猴砲」而逃回山上，那自然是再好不過的事。

因此——

「又是猴子是吧。辛苦了。」

我如此咕噥道，翻了個身，打算繼續回到夢鄉。然而……

「老公，你起來一下嘛，老公。」

不久，我被妻子搖醒。

「——嗯？」

我睡眼惺忪地揉著眼睛。

「怎麼啦？」

「不好了，不好了。」

「——嗯？」

「不好了。」

向我通報消息的妻子，同樣也還穿著睡衣。

「大事不好了。猴子……」

……猴子？

「有好多猴子跑到我們家庭院。好像是因為剛才放空砲，受到驚嚇，全跑到我們家避難了。」

「——咦？」

「所以這下大事不好了。總之，你先起來，過去看看吧。」

「——我知道了。」

我跟在妻子身後，從二樓寢室前往一樓客廳。來到面向庭院的外推窗前，妻子隔著玻璃指向外面說了一聲「喏」。

「哎呀……」

我一看到外頭的情況，便忍不住發出一聲驚呼。

果真如妻子所言，這下確實「大事不好了」。我家後院以美化磚疊成的高牆，圍出相當的寬度。現在它已完全被一群日本獼猴占據。

蓬鬆的灰褐色皮毛搭上紅臉、紅色的屁股，一群如假包換的猴子。從體型大小來看，中型到小型的猴子，粗估約有二十多隻。——雖然猴子來襲早已不是什麼新鮮事，但親眼目睹聚集這麼大的數量，這還是第一次。

牠們爬上庭院的樹木，懸吊在樹枝上，拔起花圃裡的花，推倒盆栽和花盆。妻子特地在庭院裡幾處擺放，用來吸引鳥兒靠近的食物，也被牠們吃得一片狼藉，有的還爬上亭子的頂棚曬太陽。

木造露臺的桌上有兩隻猴子開始打起架來，落敗的一方逃走時，用力將桶子打翻。其他猴子被這聲響驚嚇，也不知是否因為激動，當中有幾隻猛然開始橫衝直撞……

我試著從其他窗戶窺望，看到一隻母猴抱著小猴，悠哉地漫步在圍牆邊上。設在那扇窗戶旁的冷氣室外機上有隻大猴子，將用來吸引鳥兒靠近的餵食架整個端走獨占。

「啊～真是的！」

滿腔怒火無處宣洩的妻子，打開窗戶大聲喝斥道：「喂！喂！」

大猴子受驚，從室外機一躍而下，但雙手還是牢牢端著餵食架。之後就只是朝我們瞄了一眼，改移到離窗戶稍遠的地方，開始拿起鳥食大口嚼了起來。

「真受不了，氣死人了。」

妻子嘆了口氣，向我訴苦。

「從剛才起就一直是那樣。就算嚇唬牠們，也一點都不管用……」

「因為牠們相當有智慧。」

想必牠們已經學會分辨，就算看到人類出現，但只要是在屋內，就不足為懼。那態度真的是旁若無人。

我環視室內，思索著有沒有什麼方法可以趕跑牠們。

我就此想起沙發下擺了一把木刀。那是當初為了以防萬一，買來護身的道具。

我抽出那把木刀，下定決心，打開通往木造露臺的玻璃門。身為這屋子的主人（不過登記是以妻子和我的名義共同持有），不能眼睜睜看著這些傢伙大肆破壞，默不作聲。

我微微鼓起勇氣，跨步走向屋外，很不像平時的我。

我先用木刀的刀尖戳向木造露臺的地面，發出咚的一聲。

猴子們不約而同地望向我。附近的幾隻猴子發出「吱吱」的叫聲，躍離現場。

我繼續掄起木刀，朝圍繞露臺的木柵欄劈下。我適度的控制力道，將柵欄敲得叩叩響。如此一來，又有幾隻猴子跳開。然而……

效果也僅止於此。

雖然牠們感到驚訝而退開，但當牠們看出我不會展開攻擊性的行動後，又開始四處為所欲為。牠們確實沒再靠近木造露臺，但這麼一來，不管我再怎麼高舉木刀，發出聲響，牠們也一點都不在意。除了沒什麼經驗的小猴子外，其他猴子根本就對我不屑一顧。——好一群有智慧的潑猴。

我轉頭一看，只見妻子在玻璃門後猛搖頭。她臉上流露的神情不是憤怒，而是死心。她腳邊的兩隻貓將尾巴脹大，充滿怯意。

我乾脆走下木造露臺，使勁揮舞木刀吧。或者是用水管朝牠們噴強力水柱，牠們可能就會逃走吧？——我原本在打這個主意，但看到牠們的模樣後，我改變了想法。

如果只有一兩隻還另當別論，但對方數量驚人。如果使出不乾不脆的攻擊，萬一牠們每個人——不，每一隻都朝我展開反擊，可就糟了。那相當危險。

「真傷腦筋……」

我語帶嘆息地嘀咕道，打算轉身離開。但就在這時。

一陣「桀桀桀桀桀」的聲音從庭院的某處傳來。——我是這麼覺得。

那聲音是怎麼回事？我大吃一驚，環視四周，但此時庭院裡只有紅叡山那些目中無人的猴子們。——可是，不對，剛才那「桀桀桀」的叫聲，怎麼想都不像是猴子的叫聲。鳥或是昆蟲也絕不會發出「桀桀桀」的叫聲。如果是這樣……

如果是那個呢？

突然有種奇怪的感覺將我攫獲，我握緊木刀，再次環視庭院。

至少有二十隻，不，可能多達三十隻，看了就不舒服的各種大大小小猴子。

庭院樹木、樹叢、花圃、飲水處，傳來「桀桀」的叫聲，亭子的頂棚、圍牆邊、圍牆上……也傳來「桀桀桀」的叫聲。

「……啊！」

我之所以微微發出驚呼，是因為我從眾猴子當中，發現一個不是猴子的身影。

「啊——」

我這棟房子緊鄰白蟹神社的守護神森林。它與我家的庭院交界處立起的圍牆上，有幾隻猴子在遊蕩。當中混著一個穿著灰褐色衣服，與日本獼猴的毛色很相近的東西……

那是……

那是人嗎？

人類的小孩？

難道是……我很認真地懷疑起自己的眼睛，使勁搖了搖頭。這時——搖晃。

我突然感到一陣強烈的暈眩，不得已，我只能當場蹲下。背後傳來開門的聲響，妻子朝我喚道「你沒事吧」。

「怎麼了？平時暈眩的毛病又犯了嗎？」

「有個孩子——」

我蹲在地上，伸手指向圍牆說道。

「那裡有個奇怪的孩子。和猴子一起……」
「啥？」
妻子伸手搭在我肩上。
「你真的不要緊？」
這次她是真的很擔心地向我問道。
「嗯……我沒事。不過妳看，那個圍牆上真的有個小孩。」
「——沒有啊。」
「咦？」
「那裡只有猴子。」
「怎麼可能……」
我強忍暈眩，抬眼望向我指的圍牆方向。然而——
啊，不見了。
已不見那孩子的蹤影，只有猴子。
剛才明明還在，真的在。這到底是……
我勉強著想站起身，但再度感到天旋地轉，只好再次原地蹲下。
「桀桀桀桀桀……」的聲音在我耳內響起。此時就算我再怎麼不願意，混亂的腦中還是忍不住想起三天前的深夜，從海老子家返回的路上遭遇的那件怪事。

## 3

暈眩是突發性的老毛病，當天中午前就沒事了。而占據庭院的那群猴子，似乎過了約一個小時後便自動離去。

當時猴群中有一個奇怪的孩童，此事不管我再怎麼認真地跟妻子說，她都不相信。不過，這也是沒辦法的事。因為以常理來看，確實不可能有這種事。

儘管如此，那「桀桀桀桀」的詭異聲音仍在我耳畔揮之不去，不過，那應該是我自己搞錯了吧。就當作是第一次經歷如此大規模的猴群來襲，心生慌亂，才會看到那不可能存在的東西吧。

## 4

隔週的星期一，我到自己常去的深泥丘醫院就診。

我想大致告訴醫生自己前些日子暈眩的事。不過，今天來的首要目的不是這個，而是要和醫生討論今年要如何預防流感。

「現在還不能接種新型流感疫苗嗎？」

面對我開門見山的提問，左眼戴著茶綠色眼罩的主治醫師石倉（一）一臉歉疚地低頭望向地面回答道：

「很不巧，得再等上一段時間。」

「以目前的狀況來說，雖然已經開發出疫苗，但趕不及量產。目前只能提供我們醫療從業人員以及嚴重慢性病患者施打。」

醫生很客氣地向我說明，而我對此也早已略有所聞。我當然也不想在這裡強人所難，只不過……

這可是從今年春末就開始搞得人心惶惶的新型流感啊。

發生地點是墨西哥。豬的流感病毒突然變異，連人也會被感染的一種新病毒。由於全世界目前還沒人有免疫力，所以國內外都感受到極度的危機感，民眾持續恐慌，但後來情勢逐漸明朗，這病毒其實也沒想像中那麼危險。雖說是新型，但它來自豬隻，只有弱毒性，所以就算感染、發病，之後轉為重症喪命的可能性似乎不高。

然而，我有我的苦衷，在接下來至少兩個月的時間裡，我絕對不能病倒。因為——

我長期在雜誌上連載的長篇小說終於完成了，這個月底預定要發行單行本。由於是暌違多時的新長篇小說，出版社也投注不少心力，為了宣傳採訪以及各地舉辦的簽名會，從下個月開始已排滿了行程……由於有許多相關人員的協助和奔走，身為要角的我絕不能因故缺席。這種事絕不能發生。——不過，也許大家或多或少也都有這樣的「苦衷」吧。

「勤洗手、漱口、戴口罩、充分的睡眠、多攝取營養……目前暫時只能請您採取這些基本的預防措施。最有效的預防對策，就是別到人多的地方去。」

面對石倉醫生一臉認真提出的建議，我不安地點了點頭，接著猶豫了片刻後，我坦然說出自己接下來這兩個月的「苦衷」。醫生聽了之後，發出「嗯……」的一聲沉吟，接著手指抵向左眼的眼罩說道：「這樣啊。如果很難避免外出的話……嗯。如果是這樣——」

「那就試試剋流感[5]吧。」

「剋流感是嗎？」

「對，剋流感。」

口服型抗流感病毒藥——剋流感。我當然知道這個名稱。幾年前的冬天，這個藥也曾經幫了我很大的忙。

「您也知道的，剋流感是染上流感時的特效藥，不過目前得知，它對這次的新型流感也很有效。例如您在簽名會等場合中，會與許多人接觸時，就要事先服用。」

「事先服用？這樣就會發揮功效是嗎？」

「這稱作預防投藥，能期待它發揮一定程度的效果。就算病毒跑進體內，也能在初期階段將病毒擊潰，所以不會轉為重症。」

5 原文是タマミフル，音近タミフル（克流感），所以在此改譯成剋流感。

「原來如此，還有這種用法啊。」

「因為有人說這會引發抗藥性病毒，所以不太建議民眾使用。」

醫生如此說道，將抵向眼罩的手指移開。

「不過，我認為以您這次的情況來看，應該是值得一試。」

「——是。」

「您決定怎樣？如果您想要的話，今天就能開剋流感的藥給您。」

「哦……」

很感謝他的提議。既然目前還不能接種疫苗，選擇這種藥當最佳備案，應該也是很普遍的做法吧。

雖然我心裡這麼想，但這時突然想起另一件事。

關於剋流感這款藥，有個曾經鬧得沸沸揚揚的問題。

## 5

當時想必我臉上浮現奇怪的表情，石倉醫生微微偏著頭問道：「您該不會是擔心副作用吧？」

「我記得您以前一度也曾經服用過剋流感。該不會是當時服用後覺得身體不適吧？」

「啊，沒有。」我馬上應道。「我沒有身體不適……」
「這樣的話就沒問題了，您不必擔心。」
「——是。成人服用也不會有什麼嚴重的副作用，我明白了。」
我緩緩點了點頭，心中有個問題，一直猶豫該不該說，最後我拿定主意，決定問個清楚。
「需要注意的是未成年……也就是孩童或少年少女服用的情況對吧。」
「啊，對。」
醫生莞爾一笑，那神情就像在說「什麼嘛，原來那件事啊」。
「您指的是一度引發軒然大波的那個問題對吧。」
「聽說未成年患者服用剋流感，有時會出現奇怪的副作用。」
「對，沒錯。」
我到底想問什麼？到底想說什麼？——走到這一步，我心裡一個因冒出古怪想法而感到不知所措的我，與很認真地想肯定這件事的我，正慢慢展開內鬥。
「我記得……那個奇怪的副作用，是會出現各種異常的行徑對吧？」
我一本正經地說道，醫生則是略感為難地皺起眉頭。
「您先冷靜一下，這個問題與這次我開的藥沒有任何關係。」
「我想先確認這件事。」我說。「如果讓還沒上小學的孩子服用剋流感，會引發的副作用——也就是異常行徑，有哪些具體的例子呢？」

「記得我以前好像也說過這件事。」醫生聳了聳肩說道。「過去有各種病例報告……例如突然會爬起來衝出屋外、從二樓窗戶往外跳，或是想躲進閣樓或佛龕裡。也有一些奇怪的案例，例如有些孩童明明已不再是嬰兒，卻想模仿嬰兒的行徑，或是想鑽進布偶中。對了，另外還有全國知名的案例……」

「知名的案例？」

「會無意義地用可怕的聲音狂笑，這種案例好像不少。」

「可怕的聲音？」

「像桀桀桀桀……這樣。」

「桀桀桀……是嗎？」

「沒錯。」

我發出「唔」的一聲沉吟，右手握拳，敲打著自己的腦袋。

哎呀呀，要怎麼看待這件事才好？該怎麼處理才好？

從海老子家回來的路上，在濃霧中遇見的那名孩童。混在成群來到我家庭院的猴群中，在圍牆上遊蕩的那名孩童。——這兩個孩童都一樣發出「桀桀桀桀」……的笑聲。我聽起來確實是這樣。——我是這麼覺得。

這樣對嗎？

自行將這兩者連結在一起，這樣好嗎？

此刻我大感不知所措，向醫生問道：

「那些孩子們在表現出異常的行徑後，都怎麼了？經過一段時間後都痊癒了嗎？還是……」

「跳出窗外喪命的那個孩子姑且不談，大部分孩子之後都恢復正常。」

醫生先是如此回答，但隔了一會兒才又補上一句：「只不過……」

「只不過，似乎還是有幾個始終都無法恢復的特殊案例。」

「這樣啊。」

「對。——您不知道嗎？」

經他這樣詢問，我緩緩搖了搖頭。

「你指的是哪件事？」

「您就住在Q製藥的實驗農園附近對吧。既是這樣，那座農園後方的……」

「醫生。」

這時，一個低調中暗藏犀利的聲音打斷了醫生的話。是守在診療室角落的年輕女護士——咲谷。

轉頭一看，只見她臉上的表情寫著「沒必要的事別亂說」。但醫生不以為意地回了一句「沒事的」，輕撫眼罩邊緣。

「農園後面有一棟很大的老房子。以土牆圍出一塊廣大的占地，以前是用來供留學生住的宿舍，但後來多年沒人居住，形同荒屋。但幾年前Q製藥將它買下……這事您不知道嗎？」

「——不知道。」

「也從來沒從那前面經過？」

沒有。——我是這麼覺得。

「……這樣啊。」

醫生顯得有點欲言又止。

「不過，這始終都只是傳聞，要是過於當真可就傷腦筋了。」

「是和那棟房子有關的傳聞嗎？」

「對。因為您就住那附近，我以為您知道。」

「不。我什麼都沒聽說……」

就我的記憶，從沒聽我太太或是對面的森月夫婦提過關於那棟房子的傳聞。——我是這麼覺得。

「剋流感之家。」

醫生說。我不自主地偏著頭反問一句：「您說什麼？」

「我說『剋流感之家』，人們都這樣稱呼那棟房子。」

「剋流感……是吧。」

我的頭更偏了。醫生接著往下說。

「那是Q製藥買下之後的傳聞。我想您應該知道，剋流感的製造和銷售商都是Q製藥。」

## 6

三天後。

前天和昨天連日下雨，而今天一整天都是秋高氣爽的好天氣，於是傍晚我悠哉地出外散步。妻子說「我也跟你一起去」，就此跟我一同出門，真是難得。

穿上輕薄的防寒夾克，圍上薄圍巾，感覺外頭的氣溫正適合這樣的穿搭。我們望著兩旁的Q製藥實驗農園，走上陡坡。登上坡頂，有一座名叫「千首院」的寺院。這在關東一帶，是目前人氣爆增的賞楓知名景點，下個月一定會擠滿大批觀光客。

從千首院的寺門前往左走——轉進北邊的方向，穿過一條僅勉強能容一輛小客車通行的小路。道路從那裡分岔，其中一條名叫蟻良良坡，最後會連向紅叡山登山口。

我們心裡想，就沿著這條蟻良良坡小走一段吧。而就在我們走了五分鐘左右……

「啊……」

妻子突然微微發出一聲驚呼。

「那裡有東西。」

她舉起右手，伸出食指。指向我們進行的方向，離我們所在位置約七、八公尺遠的地方。

我望向她指的方向，也跟著發出「啊……」的一聲驚呼。

那裡確實有某個東西。

起初我以為是狗。

有幾隻褐色的中型犬聚集在那裡。——我原本是這麼覺得，但我旋即明白自己錯了，那不是狗。

前方有一條岔路，可以離開蟻良良坡，往下前往白蟹神社。

那一帶設有區隔道路和周遭林木的鐵柵欄——

有一、兩隻褐色的動物輕盈地跳上柵欄。日暮時分將至，四周的風景也逐漸轉暗，也因為這個緣故，一開始我才會誤看成是狗，可是那動物的動作……？

狗絕對無法辦到。

如果說是貓，體型未免也太大了。

「是猴子。」

妻子很肯定地說道。

「牠們又要下山幹壞事了。」

哦，是猴子啊。又是猴子？

似乎不像前些日子那麼聲勢浩大。在我們的注視下，猴子們各自順著岔路下山而去。雖然有點猶豫，但我們還是繼續往前走。

來到岔路後，我們望向猴子們下山的方向。

遠處看到幾隻猴子。有的緩緩走在道路正中央，有的走進路旁的農田，破壞農作物。

「怎麼辦？」妻子問。「要折返嗎？還是要從這裡往下走？」

因為我們原本思考的散步路線，是順著這條岔路往下走，繞往Ｑ製藥的農園後方，行經白蟹神社境內返回家中。

「應該沒關係吧。」

我態度從容地應道，按照原訂計畫順著路轉彎。

猴子們似乎沒將注意力放在我們身上。如果牠們沒展現敵意，想必就不會主動攻擊我們。

我們一步步往下走，猴子們陸續零零散散地離開道路，很快便再也不見蹤影。牠們的模樣就像在說，接下來要各自單獨行動做「壞事」。

從那裡再繼續往下走一段路後，右前方出現一座綿延的老舊土牆。牆的後方是看起來有數百坪的遼闊占地。在蓊鬱的群樹環繞下，有一棟雖然外觀老舊，但無比雄偉的木造房子。

啊，這是……

看到這棟房子，我不禁想起。

三天前，石倉醫生在醫院告訴我的那棟……

……「剋流感之家」是吧。

「現在歸Q製藥所屬的那棟房子，說起來算是一處隔離施設。」

三天前的那時候，醫生還繼續作了這樣的說明。

「不清楚究竟有多少真實性，這件事始終都只能算是傳聞。」

「隔離是什麼意思？那到底是……」

見我依舊偏著頭納悶不解，醫生接著向我解釋。可能是我多慮了，感覺他嘴角掛著一抹詭異的笑意。

「多少猜想得到吧？剛才我不是也說過嗎，有些特殊案例，在剋流感的副作用下出現異常行徑，怎麼也無法恢復正常。也就是說，他們將這些孩子集中在那裡，與社會隔離，展開治療和研究。」

「哦。」

「不過，這始終都只是傳聞……」

……就是它嗎？

——他說的就是這裡嗎？

在這棟無比老舊的建築裡，也許囚禁了數十名因剋流感的副作用而造成行徑異常的孩子們……

就在這時，傳來像是「桀桀桀桀……」這樣的可怕笑聲。

桀桀。

桀桀桀桀桀桀桀桀……

我急忙環視四周，結果發現「剋流感之家」土牆上的那個東西。

那不是猴子。

果然不是猴子——

那東西接近褐色……是個穿著灰褐色衣服的人。是人類的孩童。

雖然身高不到一公尺，但他的移動速度驚人，自在地躍到圍牆上，四處奔跑。因剋流感的副作用而變成這樣的一名孩童，一定是桀桀桀……不時會從他被隔離收容的這棟「剋流感之家」桀桀桀桀……偷溜出來……桀桀桀桀桀桀桀桀、桀。

我呆立原地，妻子問我「你怎麼了」，她看我的眼神，就像在看什麼奇怪的東西般。

然而——

「妳、妳看那個……」

我如此回答，指向土牆上方，但這時那孩子已消失在土牆後方。

# 遺忘與追憶

# 1

咚、咚咚……傳來一陣聲響。——我是這樣覺得，就此醒來。之前快醒來時，覺得那是雷聲，但持續傳來「咚、咚咚……」的聲響，於是我改變想法，認為那不是雷聲。那麼，是有人在放煙火嗎？難道是哪裡在舉辦煙火大會……我迷迷糊糊的腦袋如此思索著，但以結論來看，也不是煙火。因為五月初的這個時節，沒聽說這附近會舉辦煙火大會。

我躺著豎耳細聽了好一會兒，已沒聽到聲音。——這就怪了。

我以枕邊的時鐘確認時間。

現在是下午四點多。

黃金週結束後等著我的，是一份即將截稿的棘手稿子，所以我的生活持續晝夜顛倒。我忙完工作倒向床鋪，已是中午的時候，在四小時後的這個時間點醒來，還能接受。太陽還沒下山，外頭很明亮。因為要是醒來後已是晚上，四周一片漆黑……這對精神衛生有害。

我走出寢室，往樓下的客廳窺望，妻子和貓兒們一起悠閒地待在樓下。

「啊，早安。」

她看到身穿睡衣的我，微微偏著頭說道：

「你該不會是被剛才的聲響吵醒吧？」

「啊，對。」

「每年的這天都很熱鬧呢。」

「——是什麼事啊？」

我也微微偏頭。

「既不像打雷，也不是放煙火，呃……」

「咦？」

妻子微微睜大眼睛。

「你怎麼說這種話啊。」

你不知道嗎？你忘了嗎？

她的表情這樣寫道，接著望向面朝庭院的窗戶。窗戶敞開著，雖然已不是剛才那樣的激烈重低音，但窗外傳來像是人聲鼎沸的聲響。——我是這樣覺得。

紅叡山的山腳是一處很幽靜的地方，平時白天連車輛行駛的聲響都很少聽到。而且這座庭院後方是神社的森林，雖然規模不大，但樹木蓊鬱。因為這個緣故，我一直納悶不解，到底是怎麼回事。

「今天是白蟹神社的祭典啊。每年這個時候都會這麼熱鬧，不是嗎？」

「啊，經妳這麼一說……」

原來是這樣啊。剛才那是在神社境內擊鼓的聲響啊。

咚咚、咚咚咚……

同樣的重低音在我腦中再度響起。

咚咚咚、咚咚、咚咚……

雖然地點不同，但這是深泥森神社秋季祭典的熱鬧聲響。幾年前我參加深泥丘醫院的「奇術之夜」時，傳進會場的聲響。

不知為何，我腦中出現一條黝黑的大蛇爬了過來，與聲響呼應，我極力將這個畫面從腦中揮除，並向妻子問道：

「白蟹神社那是怎樣的祭典？」

她又應了一聲「咦！」微微瞪大眼睛。

「剛搬來這裡那一年，我們不是一起去看過嗎？那時候你還說這祭典真有趣。」

──就算她這麼說，我還是沒印象。

我急忙在憶海裡搜尋，但心裡還是完全沒底。搬來這棟房子，約莫是七年前的事。如果妻子說的話屬實，表示我已完全忘記當時的體驗。

不過，面對這種情況，我已漸漸習慣了。

「哦……嗯，原來是這樣啊。」

我從容不迫地應道，靜靜將視線轉向窗外。

「那麼，也很久沒去了，我們去看看吧。」

我曾說過「這祭典真有趣」，對於自己過去的感想，我也很在意。到底是怎麼個「有趣」法，難得我在這個時候醒來，這令我很想去親眼確認一番。

我急忙換裝，想說機會難得，所以邀對面的森月夫婦同行，最後我們四人連袂前往白蟹神社。

## 2

走在從後方通往神社的小路上，走沒多久，已逐漸可望見祭典的熱鬧景象。離太陽下山還有一段時間，但是高大樹林環繞的神社境內光線昏暗，零星設立的燈籠也都點燃了燈火。

男女老幼雖然還不至於到「黑壓壓一片」的地步，但也聚集了不少人。雖然平時散步常會經過這座神社，但我還是第一次看到這裡這般人山人海。

話說回來，這裡並不是市鎮的觀光地圖會特別記載的知名景點。真要說的話，算是與地方關係密切的小神社，不會像深泥森神社的秋季祭典那樣擺攤，熱鬧歡騰。聚集在這裡的人們，可能幾乎都是附近的住戶吧。仔細想想，我應該也算是這座神社的氏子[6]……正當

6 住在同樣的地區，信仰當地氏神的人們。

我在思考這個問題時——

咚、咚咚、咚咚

鼓聲再度響起。接著是篳篥[7]和笙的莊嚴音色。

——雖然我對這方面的事一竅不通，但就連我也馬上聯想到「雅樂」一詞。

「我們來得真剛好。」

與我並肩而行的森月先生說道。

「從這裡開始，正是白蟹『きめんさい（kimensai）』的最高潮呢。」

「きめんさい？」

我不禁提出反問，但森月先生什麼也沒說，就此快步往前走。

きめんさい？

我在心中反覆思索著那句話，也跟著加快腳步，避免被拋在後頭。不久——

那裡稱作「舞殿」或是「神樂殿」是嗎？在通往裡頭的正殿和拜殿的石階前方，面積相當大的廣場中央，可以望見一棟設有正方形舞臺與高大屋頂的老舊木造建築。此時粗估約有五、六十人圍繞著這座舞臺……

「太鼓以外的聲音都是錄音的吧。」

森月夫人（海子）和我妻子的對話從後方傳來。

「近年來要現場演奏可不容易呢。」

「過去好像都是放錄音帶，但今年已經改用 iPod 了。」

兩人呵呵輕笑。

「……啊，你們看。開始了。」

我停下腳步，望向舞臺。因為被聚集在這裡的人們的身體和頭阻擋，視線難以掌握，但還是勉強來到可以看見舞臺情況的近距離。

兩名巫女穿著純白搭鮮紅的服裝，登上了舞臺。本以為接下會展開什麼傳統舞蹈，但緊接著，就像是被她們請來的一樣，旋即有一位身材高大，像神官般的人物現身。

噢……人們異口同聲地發出讚嘆，整個神社境內一陣譁然。

我也不知不覺地發出類似的聲音，但我是有原因的。因為這位登場的人物模樣怪異，令我大感意外。

他身上的裝扮，從上到下清一色的黑。而且這名人物（——大概是男性）臉上戴著同樣漆黑的面具。因為我們有一段距離，所以看不太清楚，不過，那黑色的面具應該是仿照某個我從沒見過的鬼怪容貌做出的奇妙替代品吧……我是這麼覺得。

きめんさい。

我很自然地想起剛才森月先生說的話。

7日本雅樂的傳統樂器，為一種雙簧木管樂器。

「きめんさい」也就是「奇特面具祭典」——所以才叫作「奇面祭」是嗎？

過沒多久，舞臺上又出現了三名人物。

與戴黑面具的神官同樣一身黑色裝扮的兩名男子。以及由那兩人在身旁攙扶的另一人。

這第三人身穿一般服裝，看起來是位四十歲左右的中年男性，但感覺步履虛浮。走起路來搖搖晃晃，就像因喝酒或是服藥而不太清醒般，步履蹣跚地走到舞臺中央。

身穿黑衣的兩名男子退出舞臺，改為原先那兩位巫女陪在男子兩側。

咚咚咚咚、咚咚、咚咚咚咚……

宛如狂敲猛打般的鼓聲響徹四方，同時舞臺上又出現一人，這次是第三位巫女。

她雙手捧著一個紅色的大托盤。靜靜地來到戴黑面具的神官面前，行了一禮後遞出托盤。那托盤上到底放了什麼，從我站的位置看不見。

咚。

一個激烈的鼓聲敲響。

這是最後一聲，接著一切戛然而止。以錄音帶或 iPod 播放的篳篥和笙的樂音也同時停止，人們的喧鬧聲也完全消失……神社境內瞬間靜得可怕。

戴黑面具的神官從遞給他的托盤上拿起某個東西，像在向眾人展示般高高舉起。

我踮起腳尖定睛凝望，這才勉強看出那東西的模樣。那是——

一個銀色面具。

雖然細部看不清楚，但塗上暗銀色的那個東西，在臉部正中央畫了一個大大的「獨眼」，是與「五山送火」的「目形」很類似的⊖圖案，唯獨那造型奇怪的面具，就算遠望一樣清楚地看得出來。

「那是『遺忘面具』。」

一旁的森月先生就像在回答我心中的疑問般，小聲地說道。

「它的原料是大貓眼蟹白子的蟹殼。」

大貓眼蟹？

我知道貓眼蟹這種珍奇海產，但前面加個「大」字的螃蟹真的有嗎？

——他再度像在回答我心中疑問般說道。

「大貓眼蟹在上個世紀中就已經滅絕了吧。」

森月先生小小聲地接著說道。

「所以那是很珍貴的物品。」

「哦～這樣啊。」

我忍不住語帶讚嘆地應道。

「不過，那個『遺忘面具』又是……」

森月先生以食指比向脣前說了聲「噓」，要我安靜。我急忙住口，再次望向舞臺。

戴黑面具的神官，高舉著銀色面具，朝男子走近。男子雖然站在場上，但他的上半身始終搖搖晃晃。兩位巫女就像從兩旁撐住他似的，讓他保持穩定，接著……

神官手拿那個奇怪的面具——「遺忘面具」，抵向男子的臉。

其中一位巫女動作迅速地將面具的固定繩繞向男子腦後綁好。上下兩條繩子都用這種方式進行。

這段時間，男子什麼話也沒說，持續在原地站立，但幫他戴上面具的三人慢慢離開他後，男子動作茫然地環視四周。那畫著大眼睛的大貓眼蟹蟹殼（以它做成的面具），在這種距離下看起來，益發像是一張「獨眼怪人」的臉。

不久，開始從面具下傳出聲音。

唔唔、唔唔唔唔……像這樣的微弱聲音。

分不清是呻吟還是嗚咽，可能是我想多了，覺得聲音中帶有深沉的苦悶和悲傷。

在場的眾人皆一動也不動地屏息凝視舞臺上的情況。

「那是遺忘的儀式。」

森月先生小聲地為我解說。

「據說『遺忘面具』有讓人遺忘『討厭的事』、『不愉快的事』的功效。每年在這個祭典中，都會像那樣由某人擔任總代表戴上面具。這麼一來，會代替眾人……連同眾人的份一起，將各種想忘掉的事全都遺忘。」

雖然我聽得目瞪口呆，但還是點頭應了聲「哦」。

「——不過話說回來，還真是奇怪的風俗呢。」
「——是啊。這似乎不是那麼廣為人知。」
「我也是今天才第一次知道。」
「不是說過了嗎。」
這時，妻子在一旁插話道。
「我們搬來那一年，不是兩個人一起來看過這場祭典嗎？當時也舉行過和現在一樣的儀式。」
「啊……嗯。」
我只能含糊地回應。
不管她怎麼說，想不起來的事就是想不起來。因為她沒理由編這個謊，所以應該是我自己將那次的體驗忘得一乾二淨了吧。
日暮將至，在神社森林的寂靜下，傳出黃鶯漫不在乎的鳴唱。

## 3

半晌過後，戴著黑面具，一身黑衣的神官走下舞臺，擔任總代表的男子也在巫女們的陪同下走下舞臺（仍舊戴著「遺忘面具」）……現場聚集的人們也開始三三兩兩地離開，我們趁這個機會前往拜殿。因為機會難得，我想前往參拜許願。難得有這個機會，我在石階旁的手水舍[8]仔細把手洗淨。這時，我看到剛好走進社務所的巫女們。

我微微一驚。

在剛才的距離下沒認出來，但現在我覺得這三人當中有一位似曾見過。她是——深泥丘醫院的咲谷護士？

還沒來得及重新細看確認，巫女們便走進社務所中。

怪了——我暗自苦思。

那純粹是我自己想多了嗎？雖然長得像，但髮型完全不一樣，而且話說回來，她的工作不是巫女，是護士……

我對此始終無法釋懷，就這樣完成了參拜。希望連假結束後，能趕上交稿，我許下這樣一個微不足道，但無比誠懇的願望。——我是這樣覺得。

由於機會難得，回程時我到社務所的窗口抽神籤。一臺很適合擺在這種場所，形狀像個小型郵筒的「神籤」自動取籤機。

先抽的森月夫妻，兩人都抽到「中吉」。接著是妻子，她抽中「大吉」，嗨翻了天。——最後換我。

我打開折得好小的白色神籤一看，忍不住偏著頭發出一聲「嗯？」。

「這什麼啊？」

「怎麼啦？」

妻子問。

「抽到凶嗎？是凶還是大凶？」

「不，不是……」

我低頭望著那張神籤。

「這是什麼啊。」

一般像這種神籤，除了吉凶之外，還會寫下相關的建議，或是列出「願望」、「貴人」、「失物」、「生意」、「求學」、「紛爭」、「戀愛」、「搬遷」、「生病」等項目，但我抽中的這張籤卻完全沒這類的敘述。只寫了一個字，完全沒附任何說明。

就一個「奇」字。

「咦？」

妻子望向我手中的神籤說道。

「你抽到的籤可真罕見。」

嗯，的確，神籤上寫著「奇」字，肯定罕見。

8 神社、寺廟的參道或社殿旁，設有淨手池讓參拜者洗手和漱口的建築物。

「話說回來，有像這樣寫著一個『奇』字的神籤嗎？」

我一本正經地詢問，但妻子和森月夫婦都像是覺得我這個提問很奇怪似的，面面相覷，什麼也沒說。

## 4

也不知道是否因為參拜奏效，之前覺得很難趕在連假結束前完成的那份稿子，沒想到後來很順利地完成了。但換來的代價卻是——或許也不能這麼說——我每天晚上都會做奇怪的夢。

坦白說，不能說是「奇怪」，而是讓人覺得排斥，很不舒服的夢。

是我在白蟹神社的祭典中看到的那個「獨眼」面具。有人用已經滅絕的大貓眼蟹白子的蟹殼做成的奇怪面具，硬戴在我臉上，就是這樣的夢。

雖然實際上我只是站在遠處看，但出現在我夢裡的那副面具卻無比鮮明，就連細部的形狀、五官、色澤也都無比清晰。

那塗滿暗銀色的面具正面，儘管厚厚地塗上一層又一層的塗料，但仍留有甲殼的凹凸起伏以及粗糙感，中央的部位順著應該原本就在那裡的Φ，以近乎黑色的褐色線條畫上一個大大的「獨眼」。那顆Φ的兩端各穿了一個小洞。應該是為戴面具的人鑿出的窺視孔吧。

拿著這副面具站在我面前的人，是在祭典中見過的那位一身黑衣的神官。但他沒戴當時那副面具，而是套著黑色的山形頭巾，只有眼睛和口鼻的部分開洞。如果這頭巾是白色，便像極了３Ｋ黨……啊，我記得好像在哪兒見過。

對了，記得是曾經在「奇術之夜」登場的「深泥丘魔術團」的魔術師。好像叫外戶先生……

他雙手拿著面具，朝我的臉靠近。

甲殼背面沒做任何塗漆加工，感覺就像生螃蟹一樣。雖然裡頭沒殘留蟹肉或蟹膏，但是它靠近我的鼻端後，還是飄來陣陣腥臭味……

……我不要。

我想堅決地表示抗拒。

啊～我不要。不要、不要！我不要被戴上這種東西。不要用這種又臭又可疑的東西戴在我臉上……

我試著逃離，但辦不到。因為兩側被人緊緊抓住我的手臂，動彈不得。抓住我的是兩位巫女。仔細一看，她們兩位都和護士咲谷長得一模一樣。

「好了，別那麼排斥。」

戴著山形頭巾的魔術師說。

「因為這是你所期望的。」

我所期望的？——我不知道。我不知道有這麼回事。

「好啦，請安分一點。」

我不要，我不知道，我沒有這樣的期望，不要、不要、不要……我拚命甩頭，展開消極的抵抗，但這終究只是白費力氣。

那散發腥味的甲殼背面，不知為何出奇地柔軟，而且有股異樣的冰冷感，旋即朝我臉上……

「我不要！」

我發出嘶啞的聲音，就此醒來。我發現剛才那是一場夢，就此放心地鬆了口氣。

——這種情況開始一再反覆，已接連過了幾天，每次醒來我總會自己一個人不停地胡思亂想。

那奇怪的「獨眼」面具。

那是「遺忘面具」。

具有讓人遺忘「討厭的事」和「不愉快的事」的力量——擁有這種傳說的奇特面具。

如果那項傳說屬實，而我以前（雖然不知是為什麼）也曾經像祭典那天看到的那名男子一樣，被戴上「遺忘面具」的話……所以我才會反覆夢到如此鮮明的夢境嗎？這麼說來，難道我……

## 5

我想不出個所以然來，因而上深泥丘醫院找主治醫師石倉（一）醫生檢查，那是五月中旬的事。

話雖如此，我並不是劈頭就對醫生說「我做了噩夢，請幫我想想辦法」。表面上是說我有「睡眠障礙」，要找醫生諮詢。我因為受生活不規律的影響，睡眠有時淺，有時短，嚴重時甚至會失眠……這已經算是常態了，所以醫生和平時一樣替我開立處方。

「您暈眩的問題最近如何？」

醫生如此詢問後，我回答道：「哦，經你這麼一說……」

「我今年還沒暈眩過呢。」

「那很好。以您的情況來看，大概是因為神經性和壓力性所引起，所以平時要盡可能提醒自己多多放鬆心情……」

醫生一面說，一面以手指抵向遮住他左眼的茶綠色眼罩，我就此拿定主意，向他說出我心裡的問題。

我問他是否知道白蟹神社的祭典中使用的「遺忘面具」。

「哦～」

醫生瞇起右眼，點了點頭。

「經您這麼一說，您的住處就在那座神社附近呢。——嗯，我知道『遺忘面具』。」

石倉（一）醫生是腦神經科的專業醫師，同時也是位鐵道迷，對這鎮上的歷史也知之甚詳。附帶一提，這家醫院有和他長得很像，右眼戴茶綠色眼罩的消化內科石倉（二）醫生，以及同樣和他長得很像，戴著茶綠色方框眼鏡的牙科石倉（三）醫生。

「是這樣的，這個月初，我在那座神社的祭典中目睹了使用那副面具的儀式。結果最近常做噩夢。夢裡我被強迫戴上那個面具。」

「哦～」

「所以……我想到一件事。心中的猜疑就此不斷膨脹。」

「猜疑是吧。」

「——是的。」

雖然略感猶豫，但最後我還是說了。說出這幾天一直在我腦中揮之不去的某個大膽的假設。

「這是我之前也曾多次向醫生您諮詢過的問題，這幾年我突然特別健忘，很多事都忘了。就連完全不會忘的事，記憶也開始莫名變得模糊。而且這種模糊化的現象，往往都是發生在看到可怕的事物，或是詭異的體驗這類的記憶上——我是這麼覺得。」

「是。」

醫師再度以手指抵向眼罩。

「您該不會是懷疑這一切都是『遺忘面具』造成的吧？」

「對，沒錯。」

我一本正經地回答。

「幾年前——例如我剛搬進現在這個家的那一年，我實際在那座神社的祭典中被戴上『遺忘面具』，因面具的力量，而被迫遺忘『討厭的事』或『痛苦的事』。就連被戴上面具時的體驗本身，也因為面具的力量而遺忘……現在我之所以會有各種記憶消失，或是記憶變得模糊的情形，說起來應該可以算是一種後遺症吧。」

「『遺忘面具』的後遺症是嗎。——嗯。您這樣的想法真的很有趣呢。」

「醫生，您怎麼看？」

醫生低語一聲「這個嘛」，眨了眨右眼。

「就我的立場，還是得告訴您，這種不合科學的現象不可能發生。」

「——我想也是。可是醫生……」

我自己也很清楚，這是充滿個人幻想的想法，但我還是非說出來不可。

「我在這家醫院做過幾次腦部檢查，但都沒發現任何異常。可是以現實問題來看，我……」

「您剛搬來的那一年就突然戴上面具，這應該不可能。」

這時，突然有個聲音插話道。

「咦！」我大吃一驚，望向聲音的方向，這才發現年輕的女護士站在診間角落，不知道她什麼時候來的。

「啊，咲谷小姐。」

我一看到她，便忍不住問道。

「前幾天我在白蟹神社看到一位長得很像妳的巫女，那是……？」

「是我。」

護士很乾脆地應道。

「因為某個緣分，在祭典時我會去打工，從幾年前就開始了。」

「打工的巫女是嗎？可是髮型的差異很大呢。對方的頭髮又長又直……」

「那當然是假髮啊。」

護士嫣然一笑，緊接著又接了一句「所以我才說啊」。

「這幾年來，站上那儀式舞臺的每一個人，我都近距離看過他們的臉。可是……」

「妳的意思是，這些人之中沒有我？」

「對。而且就像我剛才說的，應該不可能才剛搬來就突然戴上面具，因為這好像有資格的問題。我聽說要站上那舞臺，必須有一定的期間以上都得是那座神社的氏子才行。」

「哦……」

我覺得自己無從反駁。到頭來，這果然只是我自己想多了，是我自己胡思亂想嗎？

「對了——」

這時，石倉醫生開始說了起來。

「白蟹神社有個與眾不同的傳聞，您沒聽說過嗎？」

「——不知道。」

「即使是在鎮上這個地區的眾多神社中，也特別與眾不同。它會隨著每個人的看法而有所不同，相當耐人尋味……」

「您的意思是……？」

「那座神社祭祀的神明，是個謎。」

我不懂他的意思，又問了一遍：「您的意思是……？」

「就像我剛才說的，是個謎……真相不明。」

醫生朝護士瞄了一眼，如此回答。

「我聽地方上的耆老說，以前那裡和夜坂神社一樣，都是祭祀須佐之男[9]。神社境內也立有立牌，說明神社的由來，但從某個時期開始全消失了。」

「您說消失指的是……？」

9 《日本書紀》中稱之為素戔嗚尊，《古事記》中稱為須佐之男命，為伊奘諾尊所生三貴子之么子。

「就像我說的。立牌被撤走，寫有須佐之男名字的一切全被消除，就連說明神社起源的史料也全部被銷毀。就算向相關人員詢問這是怎麼回事，他們也都三緘其口，一概不回答。」

「這可真奇怪……」

「確實很奇怪。」

「現在這種狀態仍舊持續嗎？」

面對我提出的問題，咲谷應了聲「對」。

「神社裡頭到處都沒標示他們是祭祀怎樣的神明，這是事實。就算向職員們詢問，他們對這件事也都是含糊以對。」

「這可真詭異……」

「確實很詭異。」

「您提到『某個時期』，具體是從什麼時候開始，怎樣改變？」

經我這麼一問，這次改換石倉醫生回答。

「聽說是戰後沒多久，距今約六十年前左右。而更耐人尋味的是，在祭典時舉行戴上『遺忘面具』的儀式，也剛好是從那個時期開始。」

「哦。這也太剛好了……」

說到「戰後沒多久，距今約六十年前左右」，那不就正好是發現如呂塚古代遺跡那時候嗎？

被消除的須佐之男。展開的新儀式。……「遺忘面具」的原料——大貓眼蟹滅絕的時間，聽森月先生說，不也就是在「上個世紀中」嗎？

感覺這個小鎮在發現和挖掘如呂塚遺跡的契機下，產生了許多變化。——我是這麼覺得……不過，這或許又是我自己想多了，是不存在的幻想。

## 6

離去時，我突然想到，向石倉醫生說出我在祭典當天抽到的那張奇怪的神籤。當時我收進錢包裡，此時我將它取出，拿給醫生看。結果——

醫生表現出意想不到的誇張反應。

他發出「啊」的一聲大叫，接著從我手中拿走那張神籤，雙眼緊盯著上面寫的那個「奇」字。感覺他臉色微微改變……嗯。

之前不知道是哪一次，記得同樣也是在這個診間，親眼目睹他做出同樣的反應。——我是這麼覺得，但我沒有具體的記憶，心裡備感焦急。難道這種感覺跟所謂的「既視感」差不多等級，純粹只是我自己「想多了」嗎？還是說……

「啊，這是……」

醫生如此低語，朝護士瞄了一眼。

「咲谷小姐，妳怎麼看？」

「白蟹神社寫有『奇』字的神籤。我也是第一次親眼目睹。」

「請問……」

我小小聲地插話道。

「這真的有那麼罕見嗎？」

「當然罕見了……」

說到一半，醫生改口道「啊，不」，微微搖了搖頭。

「還好，用不著太在意。雖然這確實是很罕見沒錯。」

「『奇』這個字到底表示怎樣的運勢呢？您知道嗎？」

「不不不，這點您也不用在意。不用放在心上，就這樣忘了它也沒關係……」

醫生看起來似乎刻意想回答得很明確，但他的說話口吻和表情都難掩慌亂。他當然已察覺我狐疑的眼神。也不知道是不是因為這個緣故，醫生又補上一句「不過——」。

「不過，是這樣的，既然您抽到這支籤，我還是得讓您看樣東西……」

「什麼東西？」

「雖然我這樣說，但您當然有權利拒絕。——如何？您要看嗎？」

我在一頭霧水的情況下，回了一句「哦」。

「如果是這樣，既然您都安排了……」

「這樣啊。我明白了。」

醫生一本正經地點了點頭，接著說了聲「那麼……」，就此站起身。

「可以這就和我去個地方嗎？」

「這就去嗎？」

我如此回應，但心中一股很像既視感的焦急就此擴散開來。

「請問……要去哪兒？」

「請不用擔心。並不遠。」

醫生將從我這裡拿走的那張寫有「奇」字的神籤照原樣折好，放進白衣口袋裡，如此回答道。

「因為就在這下面。」

## 7

接著我被帶往這棟四層樓高，採鋼筋水泥建造的老舊醫院地下二樓。

昏暗的走廊兩側有好幾扇門。至於前方……沒錯，應該會有一條往底下樓層延伸的狹窄樓梯。——我感到一陣心神不寧，同時有些記憶的片段逐漸甦醒。

又要走那個樓梯？我腦中如此想像，就此全身僵硬，但實際和我想像的不同，不久，石倉醫生在一扇門前停下腳步。噹啷一聲，從白衣口袋裡取出看起來很沉的一串鑰匙，他從中選定一把鑰匙後，用它打開了門。

「往這邊走，請。」

在醫生的催促下，我跟著他走進室內。是約莫六張榻榻米大，很單調的小房間。

由於是地下室，當然連一扇窗也沒有。骯髒的水泥完全裸露的牆壁和天花板。亮晃晃的日光燈。地上鋪設松葉色的地毯，走在上面感覺很鬆軟。也許這裡原本是和室，地毯下方仍保留了老舊的榻榻米。我有這種感覺。

「好了」，醫生如此說道，他面向的房間深處有一個櫃子，設有一大扇雙開門。是整個塗滿黑漆，很像佛龕的家具。

醫生手中的鑰匙串發出噹啷的聲響，再度從中選定一把鑰匙。不久，伴隨著一陣像是生鏽的金屬發出的擠壓聲響，那扇雙開門就此開啟。醫生從櫃子裡取出一個暗紅色的老舊木盒。

「就是這個。」

醫生將木盒擺在前方一個小桌子上。

那是個長四十公分、寬三十公分、高十五公分的長方體。體積相當大，不過看醫生的動作，感覺不會太重。

「請打開蓋子，看看盒內的東西。」

「——是。」

緊跟著走進房內的咲谷，見我回答得有點怯縮，也向我催促道：

「來，請打開它吧。」

我一樣在一頭霧水的情況下，滿腹狐疑地打開木盒的蓋子。而當我看到放在盒內的東西時，我不禁發出「哇」的一聲驚呼。

「這、這是……」

一個塗成暗金色的橢圓形。正中央畫了個大⦶的詭異「獨眼」面具。

「這到底是……」

顏色與白蟹神社的「遺忘面具」不一樣，輪廓也不同。——我是這樣覺得。

正當我腦中一片混亂時，石倉醫生告訴我：

「那是『追憶面具』。」

「追憶？」

「也可說是和『遺忘面具』湊成一對的面具，據說原料用的是黑貓眼龜的龜殼。」

「黑貓眼龜？」

這次不是螃蟹，而是龜？

雖是第一次聽聞的名稱，但牠或許和「遺忘面具」的大貓眼蟹一樣，是已經滅絕的烏龜。——不過。

「為什麼這種東西會放在這裡？」

我說出這理所當然的疑問。在醫院地下二樓的這種房間，一個上鎖的櫃子裡，為什麼會有這種……

醫生聞言後，眉頭一皺，顯得一本正經。

「這當中有很複雜的緣由，這部分您不必太在意。」

「可是……」

「您不必在意。」

醫生以不容分說的口吻重複說道，同時右眼的視線落向木盒裡的東西。

「我想您也已經猜到，這個『追憶面具』具有和『遺忘面具』相反的效果。也就是說，戴上這個面具的人，能想起過去發生過的種種。」

我不發一語地頷首，凝望著那金色面具上所畫的「獨眼」。醫生接著往下說。

「姑且先不管您的記憶問題與『遺忘面具』的關係。總之，只要戴上這個『追憶面具』，原本遺忘的諸多事情，就全都能想起。」

「——真的假的？」

我很認真地詢問。

「這真的能辦到？」

「這個嘛，到底會是怎樣的結果呢？」
醫生避而不答。
「站在我的立場，還是只能對您說，這種傳聞都只是迷信罷了。」
「之前有人戴過這個面具嗎？」
我試著改變提問。
「應該有吧。如果是這樣，那個人後來怎樣，您知道嗎？」
但醫生卻雙唇緊抿，不想回答。我轉頭望向護士，但她同樣什麼也不說，就只是嘴角掛著詭異的微笑。
「那麼，您打算怎麼做呢？」
過了一會兒，醫生緩緩開口道。
「要現在在這裡戴上這個面具嗎？」
我發出「啊……」的低聲沉吟，惴惴不安地朝木盒伸出雙手。接著輕輕地從木盒裡取出「追憶面具」。
拿在手上，比想像中還要沉。定睛一看，面具正面所畫的「獨眼」兩端，和我在夢裡看到的「遺忘面具」一樣，唧唧唧，有兩個小洞……唧唧、唧唧唧唧。
我突然陷入一種不尋常的預感中，唧唧唧，全身戰慄。我打著哆嗦，不自主地緊閉眼睛，我的眼皮裡……不，正確來說，是我的腦中，有一片黑沉沉的遼闊大海。這是……

這是我腦中的混沌之海。我那變得零散、稀薄，而又模糊的記憶片段，就此融入其中，已很難加以區分識別……一片名為混沌的遺忘之海。

融入這當中的一切事物，只要我戴上手中的面具，就能全都想起是嗎？那也許是可怕、痛苦、不可思議、無法理解、詭異……各種的記憶。只要戴上這個「追憶面具」……啊～可是，到底會有什麼後果……

我躊躇良久。——我是這麼覺得，但事實上，只過了幾秒的時間。

「……不。」

我用力搖了搖頭，睜開眼睛，將拿出的面具又照原樣放回木盒內。

「醫生，謝謝您特地為我準備，但還是算了。」

有些事就算想不起來也沒關係，忘了還比較好。一定是這樣沒錯，這種情況相當多。——因為我是這麼覺得。

## 8

那天晚上，我終於擺脫那令我苦惱許久的噩夢。

在睡夢中，我化身成一隻擁有漆黑雙翅的巨鳥，悄然遨翔在這市鎮扭曲的夜空中。

# 無法減少的謎

## 1

我慢慢醒來。

既不是被噩夢驚醒，也不是尿意喚醒了我。

也不知道為什麼，就這樣慢慢地……不，也許是感覺到異樣的氣息。

因為有所期待，這一陣子我都持續過著很規律的生活。我徹底改掉動不動就晝夜顛倒的習慣，最晚深夜十二點一定會就寢，早上七點就起床。此外也致力改善各種生活習慣，拜此之賜，我的睡眠品質也變得比以前好，幾乎都不會睡到一半像這樣突然醒來。

雖說是「醒來」，但其實是處於半夢半醒的狀態。

這裡是我自己家中的寢室……我明白眼前的情況，以枕邊的時鐘確認時間後，我在心裡嘀咕了一句「什麼嘛，根本就還是半夜……」，打算再次閉上眼睛。我的思考和行動都變得慢吞吞。簡單來說，我已經睡迷糊了。

這時，我突然看到一個奇怪的東西。──我是這麼覺得。

床邊有個輪廓模糊的灰色影子。

那個不知道是人是鬼的影子，什麼事也沒做，就只是一直呆站著……

咦？我大吃一驚，試著重新看仔細，但這時它已消失無蹤。──所以我認為這只是一時睡迷糊，覺得自己看到不存在的東西。

就在這時，我突然覺得口中有股異常甘甜的味道。——不過，這大概也只是一時睡迷糊，而有這樣的感覺吧。

「嗯……」我發出一聲低吟，過沒多久，再度進入夢鄉。

在那之前有個短暫的瞬間，彷彿有人在看著我，桀桀桀，我深陷在這種感覺中，然而……不，這一定也是我自己想多了。肯定是這樣沒錯。

那是十月下旬的某個晚上發生的事。

## 2

仔細想想，我也即將邁入五十大關。

這幾年來，每次有人問我年紀，我總是回答「坐四望五了……」，但人的年紀當然會每年遞增。

原來我也要五十歲了。——重新意識到這點後，感覺有點錯愕。明明前不久還覺得自己才剛四十歲呢。為什麼隨著年紀增加，時間流逝的速度也逐漸加快了呢？……唉，真是的，竟然會有如此平庸、完全不值得沉浸其中的煩憂。

就在這時候。

我在常去就診的深泥丘醫院接受定期的各種檢查後，主治醫師石倉（一）醫生以略顯正經的口吻向我告知。

「我從以前就跟您說過，您差不多也應該稍微……不，應該說要認真看待，試著重新評估自己的生活習慣，您覺得呢？」

「——是。」

見我回答得很含糊，醫生以罕見的嚴肅口吻說道：

「猜得出您因為工作的緣故，有不得不的苦衷，但以此當藉口，而持續過度勉強自己，這也值得三思。如果能趁現在改善有辦法改善的部分，以長遠的眼光來看，這對您的工作也會有幫助。」

「是。不過，我該如何具體地改善呢？」

「這或許不容易，但我建議您先從規律的白天型生活做起。日出而做，日落而息。這才是正確的生活方式吧。還要適度運動。對了，如果可以，抽菸的量最好也要減少……」

這些全都是之前就持續接受的建議，同時也是忠告。

每次聽他這麼說，我自認都會特別留意，也都努力執行。但因為截稿日以及其他因素，最後往往又會不自主地輕忽，這也是實情，不管再怎麼試著改變，都會在短時間內打回原形，好幾年來一直都上演這種戲碼。

「看您這次的檢查結果，比較有問題的是血中膽固醇和三酸甘油酯。以超音波檢查來看，您的肝臟似乎也囤積了不少多餘的脂肪。」

「脂肪肝是嗎？」

「沒錯。這並不是短短一兩天內出現的狀態，以中長期的眼光來看，這樣並不樂觀。飲食最好也要多注意。這一、二年來，您看起來變胖不少呢。這也教人擔心……」

「三高」這個最近常聽到的名詞浮現我腦中。

它的正式名稱是代謝症候群。簡單來說，是針對「太胖對身體有壞」這種既有的常識，再加上醫學的理論所創造出的病名——應該就是這麼回事，這是我的理解。

「我明白了。」

的確，這一、二年來，我感覺身體變得比以前沉重，以前很合身的衣服，現在變得愈來愈緊，我自己也深深有這樣的自覺。而且對於這樣的改變，我自己心裡也覺得不是滋味。

「我會試著認真投入去改變。」

我如此回答，當作是在說服自己。

只有菸我大概是戒不掉了——其實是不想戒，不過其他部分，我會盡可能努力看看。

石倉醫生手指抵向遮住左眼的茶綠色眼罩，深深地點著頭，一副很滿意的模樣。站在醫生斜後方的護士咲谷，也同樣深深地點頭。

這是今年夏天八月初的事。

## 3

就這樣——

從隔天起，為了正式改變生活習慣，我展開了行動。

幸好接下來約定好的工作，是長篇的新作，暫時沒有雜誌連載。雖然一樣得在期限前交稿，但不像之前幾乎每個月都有嚴格的截稿日壓力，相較之下輕鬆許多。像因為迫在眉睫，而非得熬夜工作不可的情況，應該也暫時不會發生才對。

因此，我決定設定以下四個項目，以作為我平日生活的課題。

一、徹底切換成白天型的生活模式。定在早上七點起來，配合保有充分的睡眠。

二、每天適度的運動。和之前一樣散步應該就行了。不過，要略微增加距離，並加上輕度的重訓。

三、一天兩餐（早餐兼午餐，以及晚餐）。避免油炸食物以及多餘的碳水化合物，食材盡可能以蔬菜為主。計算卡路里，控制攝取量。零食當然嚴禁。

四、每日一定要量一次體重，將數值做成圖表。

可說是採取極為正統的途徑。

市面上充斥的減肥食品和健康器材，我不感興趣。因為以理論來看，這樣應該也就夠了。

仔細想想，約莫十年前，我也一度因為體重不斷增加而產生危機感，就此厲行減肥。記得當時光靠控制飲食，半年就減了將近十公斤。也沒復胖，往後幾年一直都保有正常的體重。

由於有過去的成功經驗，我心想，只要自己認真投入，總會有辦法的，沒拿它當一回事。雖然現在上了年紀，基礎代謝下降，或許無法像上次那麼順利，但只要遵照前面所列的那四個項目，穩紮穩打地持續努力，應該就能獲得相當的成效……

我向妻子說出我的決心。

「哎呀呀，你又要試啦？」

她如此說道，望著我笑，那眼神就像在看一個不成材的小鬼。

「我覺得你還沒胖到有礙健康的地步……不過這樣也好，我不會阻止你。」

「哎呀。因為醫生都那麼嚴厲地向我提出忠告了。」

「改善生活習慣這件並不是壞事……不過，聽別人開口閉口就說什麼三高三高的，你不覺得很奇怪嗎？直接說要注意過胖，這樣不就好了嗎。還刻意加上這樣的病名，用『症候群』來稱呼它，這樣真的好嗎？」

嗯，我明白她想表達的意思。

「最近全都是像這樣。就舉憂鬱症來說好了，動不動就喊憂鬱，把它當疾病看待，所以才會冒出所謂的新型憂鬱症。像最近排擠抽菸的現象，愈來愈歇斯底里，充滿歧視，而且根本是破壞文化，它的背後也是類似這樣的結構。只會讓人覺得是WHO和藥廠勾結，不斷製造出『疾病』。」

「我有同感。」

妻子和我一樣，多年來都是癮君子，所以在這方面意見一致。然而——

「可是，身體變得沉重不適，這也是事實，而且感覺全身都不太對勁……所以我才會拿定主意，想試著努力看看。」

「我當然也會幫你的。」

妻子如此說道，莞爾一笑。

「不過，你可別太勉強，要量力而為哦。這樣反而會累積壓力，像個傻瓜一樣。你說是吧。」

「嗯。」

此時回應的我，並未感到有什麼躊躇或不安。

「妳放心。我不會太勉強自己的。」

## 4

就這樣，八月、九月過去。我的意志並未鬆動，努力有了明確的成果。

一開始早睡早起確實很辛苦，但持續一段時日後就漸漸習慣了。原本我對「吃」就不太執著，所以食物以蔬菜為主，對減少油炸物的飲食也一點都不覺得苦。戒掉零食和消夜，是有點難受，但這也勉強靠意志力克服了。

一個月後，我減去了兩公斤多的體重。第二個月也減了一公斤半左右。體脂率也降低不少。

很好。照這樣持續下去，半年後就能維持適當的體重了——我將測量結果畫成圖表，每天都覺得很滿意，胸有成竹。

散步基本上都是在早上進行。

我計算過距離，準備了幾種不同的路線，視當時的心情而定，加上一些隨興來散步。下大雨的日子我也不會勉強自己，我會選擇「休息」。因為配合了飲食控制，所以沒必要過於神經質。

前一陣子剛好都沒去我家北邊那個區域，拜此之賜，現在偶爾也會去那裡走走。

望著道路兩邊Q製藥的實驗農園，順著坡道而上，一路走到千首院門前。從那裡往北——朝深蔭川流經的方向走，順著連往紅叡山登山口的蟻良良坡走一小段路後，中途離開坡道，沿著往林間和農田延伸的小路下山。

這條路有個區域，正好可以從後方看見我家。那是從平時看不到的角度所看到的風景，所以每次路過，我都會稍微駐足欣賞。雖然有一大段距離，但定睛細看，甚至可以看出哪扇窗是二樓的大廳，哪扇窗是我的寢室。

從那裡再順著小路往下走一小段，在進行方向的右手邊——沿著北側的道路，出現一路綿延的老舊土牆。牆的對面是多達數百坪的廣闊占地，和土牆一樣，是外觀看起來頗有年代的巨大木造建築，幾乎被蓊鬱的群樹淹沒。如果說這房子別有一番情趣，確實有它不同的情趣，但如果說它陰森詭異，也確實陰森駭人。

圍牆的中斷處有扇老舊的門，但外面沒掛任何門牌……啊，我記得這裡以前是提供給留學生住的宿舍，幾年前由Q製藥買下……這方面的知識，桀桀桀，仍在我記憶深處裡蠢動。啊……對了。我記得這棟房子裡有……

……我的記憶到這裡就變得很模糊。去年秋天那時候，我應該是聽說某個和這棟房子有關的怪事……怪了，是怎樣的怪事呢？——我努力想要憶起，但怎麼也想不起來。

記憶變得模糊、稀釋的這種情形，這幾年來一直困擾著我。但最近我已看開，決定不再鑽牛角尖。

想不起來的事，怎麼樣也想不起來。會遺忘的事，桀桀桀桀，就是會遺忘。因為就算勉強自己憶起，桀桀，也未必會有好事。

## 5

就這樣，十月轉眼也已結束，來到了十一月。我馬上前往深泥丘醫院，為了接種流感疫苗。現在這個季節，想必可以不用再倚靠剋流感了吧。

「哦，您看起來氣色好多了。」

聽石倉醫生這麼說，我略感得意地應了聲「是」。

「我聽從您的建議，努力減肥和改善生活習慣。託您的福，感覺身體輕盈不少。」

「哦，那很好啊。」

醫生滿意地瞇起右眼。

「那麼，下次做個抽血檢查，確認一下數值吧。」

聽他這麼說，我再度得意地應了聲「是」。因為在這個時間點，我對自己從八月一直努力至今的成果，感到自信滿滿。

然而——

## 6

我開始覺得奇怪，是從十一月的第二週開始。

上個月——也就是十月一整個月，我減了一公斤多的體重，但之後的圖表走向實在不太樂觀。

自八月以來，原本一直減得很順利的體重，這時卻難有突破——甚至應該說，有些日子反而還有不減反增的情形。這對我來說，是完全意想不到的事態。

為什麼？

我制定的那四個項目，我一直都嚴格遵守。

上個月底和這個月初，我和責編聚餐，但我沒暴飲暴食，害自己辛苦的成果歸零。飲食的卡路里計算也完全沒偷懶，除了天氣不好的日子外，我都安分地出外散步。基本上也不吃零食。

然而……

原本我就不是那麼愛喝酒，所以沒有喝酒的習慣。不會因為醉得不省人事，而吃了不該吃的東西。我愛喝咖啡和紅茶，一天是喝了不少杯，但我一概不加砂糖和奶油球。自從飲食刻意以蔬菜為主後，排便也變得很順暢。體重計也沒故障。

但為什麼會是這種結果？

為什麼不能像之前一樣繼續減下去？

有人說，減肥的效果會因個人體質而改變，到了某個程度後，體重便停止減少，但我認為現在就達到那個程度，未免也太早了。根據我上一次的經驗，只要按照同樣的努力持續下去，至少也會有半年的時間，體重會按照同樣的步調持續減少。

……但為什麼這次不一樣？

是因為上了年紀，所以行不通嗎？——不，我在擬定這次的計畫時，也考量到上了年紀後基礎代謝率降低的要素，我不認為開始至今才邁入第四個月就不管用了。——奇怪，怎麼想都覺得奇怪。

我為此苦惱。

我決定這個月就姑且先繼續和之前一樣的生活模式，觀察看看。

然而——

## 7

「真的很奇怪。」

來到十二月後，我終於忍不住向妻子道出我心中的苦惱。

「我按照自己決定的規定控制飲食，也都定期運動……明明應該都辦到了，卻從上個月起，體重完全沒減少。妳覺得這是為什麼？」

「你覺得整個人變得清爽許多，這樣不就夠了嗎？」

她以一副無關緊要的口吻回答。

「因為都五十歲的人了，如果太瘦，反而顯得一臉窮相。」

我就此認真起來，搖著頭應道「不不不」。

「因為我離適當體重還差幾公斤，現在我還是想達成目標。而且，這該怎麼說好呢，就理論來說，不太合理，太奇怪了。」

「因為體重減不了？」

「嗯。因為我都控制得這麼嚴格了，卻再也減不了，怎麼看都不應該啊。而上個月別說減重了，甚至還多重了二公斤以上。」

「變重了？」

「——變重了。」

「咦，為什麼？」

「所以我才百思不解啊。」

「嗯。」

「我試著想過各種可能性，但一切都是個謎。該攝取的卡路里與消費卡路里，我的計算應該也沒出錯……所以從八月到十月這段時間的減重都很順利。但來到十一月，我不認為基礎代謝率會一下子突然下降許多，而且我本身也沒那樣的自覺。也沒因為感冒而臥病在床。為什麼會發生這種情形呢？」

「嗯，的確，也許真是個謎呢。」

她雖然如此回應，但依舊是那事不關己的態度。不過，就我來說，這可是個嚴重的大問題。

好不容易決定要力行減肥，結果卻阻礙重重，當然會令我感到焦躁。但相較之下，對於這不合理的事態所產生的納悶和猜疑，更是重重地壓在我心頭。

「該不會——」

妻子突然一本正經地說道。

「該不會，你在無意識中吃了什麼吧？」

「啥？」

這話令我大感意外。

「妳說在無意識中……怎麼可能，妳這話是什麼意思？」

「例如半夜爬起來到冰箱裡找吃的……但你自己不記得有這麼回事。」

「怎麼可能。說得跟夢遊症似的。」

「但也不是絕對不可能吧。」

「會、會有這種事嗎？」

我備感慌亂，同時試著展開想像。

——晚上。我在十二點前上床，就此入睡，例如在即將天亮時猛然起身。接著在半夢半醒的狀態下離開寢室，搖搖晃晃地下樓前往廚房……仗著想填飽肚子的本能，狼吞虎嚥地將飯鍋、鍋子、冰箱裡的「剩飯」，或是擺在食品櫃裡，不需要調理的食物全部吃下肚。吃完後再搖搖晃晃地回到二樓寢室，鑽進被窩，開始呼呼大睡。這麼一來，早上起床時，對於自己幾個小時前展開的行動便會忘個精光……

……有可能嗎？

這種事真的有可能發生嗎？

我試著很認真地思考，後來勉強想到的唯一可能就是——

為了維持早睡早起的習慣，我不時會使用的助眠藥。

服用後三十分鐘就會顯現效果，可以輕鬆入眠。是一般醫院都會開立的處方藥，但它有個很有名的副作用。就是在服用後，持續發揮效果的這段時間的記憶常會消失。

如果因為這個緣故，我失去自己「在半夜偷吃」的記憶……

「……怎麼可能嘛。」

我如此說道，生硬地朝她一笑。但我馬上收起臉上的笑容，暗自在心底嘀咕。

「我得認同有這個可能性嗎？得先認同，再確定實際情形是如何。」

## 8

我決定採取兩個對策。

一是盡可能減少服用那種助眠藥，如果可以，最好戒了它。

二是每晚就寢前檢查飯鍋、冰箱、食品櫃，以及放在其他地方的食物數量。而隔天早上起床後，確認它們有無減少。

透過前者，我就能先排除有「自己無法掌控的自身行動」這種可能性。

透過後者，我能間接確認有無「半夜偷吃」的情形。

我向妻子說明一切後，馬上付諸行動。

多虧這四個月來持續規律地早睡早起，沒想到助眠藥一下子就戒掉了。

要確認食物的剩餘量有點麻煩，不過我製作一份檢查表，貼在廚房牆上，獲得妻子的協助，特別留意每天早　要仔細地檢查，加以記錄。我對於自己決定要執行的工作，總是一板一眼。

結果——

至少在我採取這項對策後，確實一概沒有任何「半夜偷吃」的事實。

然而……

過了十二月中旬時，我的體重與上個月相比，竟然增加了將近二公斤……

……啊～為什麼？

阻擋在我面前的那「無法減少的謎」，益發令我感到苦惱。

## 9

因為停止服用助眠藥，我就此排除對自己的行動感到的不信任和猜疑。因此，像半夜起床，不是翻找自己家中的食物，而是搖搖晃晃地走到家附近的超商買東西吃的這種可能性，我已經不考慮了。

但體重還是減不掉。

體重不減反增……

我猜疑的目光，轉為投向與我同住的另一個人——也就是我妻子，這也是無法避免的情勢發展。

難道說——我作出可怕的想像。

半夜妻子悄悄潛入我的寢室（一來也是因為工作上的原因，我們這對夫婦從以前就分房睡了）。她趁我熟睡時，將高卡路里的流質食物灌進我口中。為了不讓我醒來，緩慢又少量地灌食。

——如果她每天晚上都展開這項祕密行動的話。

我不清楚她這麼做的理由。雖然不清楚，但也找不到其他人有這個可能了。我們晚上向來都會關緊門窗。而在我沉睡的這段時間，家中只有妻子在。家中除了我們之外，室內還養了兩隻貓，但我位於二樓的書房和寢室是牠們禁止進入的區域。就算進來了，那兩隻貓當然也不可能做出這種行動來……看來，也只有她有這個可能了。

可是——

只要偷偷灌進沉睡者的口中讓他吞食，就能阻止其減肥，並增加體重，真有這種食品能辦到這點嗎？

想到這個可能後，我突然想起以前的一段對話。我已忘了是什麼時候的事，但沒錯，那是我和妻子的對話……

「……要是有人研發出能立即見效，同時沒有副作用的這種劃時代的減肥藥，一定賣翻天。」

「是啊。不過，真正需要的是效果相反的藥。」

「妳說的是……？」

「不是減肥藥，而是增胖藥。」

「嗯？」

「你看嘛，這世界因飢餓而受苦的人，遠比因肥胖而煩惱的人來得多。能立即見效，又沒副作用，只要服用一顆就能獲得超高卡路里，像這樣的藥，基於人道考量，更應該優先開發吧？」

只要服用一顆就能獲得超高卡路里。

啊，就是它嗎？

她不知從哪裡得到這樣的新藥（？），將它融成溶液，每晚趁我沉睡時灌進我口中……

我的想像已達到妄想的程度，但猜疑一度萌生便很難消失。

## 10

因為這樣，這次我開始瞞著妻子，打算自己思考對策。

如前所述，我們從以前就分房睡。因此，為了防止她接近沉睡中的我，我要在自己的寢室加裝內鎖……不，再怎麼說，這樣都太明顯了。這樣我懷疑她的事，馬上就會穿幫。

那麼——我暗自思索。

不採取上鎖的方式，改在門與門框間攏上一條細線，或是貼上薄薄的膠帶，事先設下這樣的機關如何？

幸好最近我很少會半夜起床去上廁所。通常我一旦睡著，就會昏昏沉沉地睡到隔天早上才醒來。所以——

要是隔天一早，設在門上的絲線斷裂或膠帶脫落，那就證明有人趁我睡覺時潛入我房內。

不，等等——我改變想法。

雖然這構成有人潛入我房內的證據，卻無法證明是她趁我熟睡時來到我身邊，偷偷向我餵食。而且她做事細心，或許會眼尖地發現門上的機關，而用某個方法讓絲線或膠帶恢復原狀……嗯，這招行不通是嗎。

那麼——我再度展開思索。

我在床邊撒粉如何？例如爽身粉。

只要在我上床入睡前，事先將它撒在四周地板上的話——

如果早上醒來，粉末上留下腳印的話，那就能證明有人趁我熟睡時悄悄潛入我房內。從腳印的大小和形狀，也有可能證明是妻子的腳印。

不不不，等等——這時我又改變了想法。

因為她很細心，可能會眼尖地發現床邊的機關，而用某個方法從粉末上消除腳印……嗯，這招也行不通是嗎。

那麼，該怎麼辦才好？

幾經苦思後，我想到一個得花一些工夫，但卻是最穩當的方法。

就像今年初也在我國公開上映，頗為暢銷的恐怖電影《靈動：鬼影實錄（Paranormal Activity）》（歐倫・佩利導演／二〇〇七年）一樣。或是像我崇拜多年的楳圖一雄大師的恐怖漫畫《攝影機拍到了什麼？》一樣——

沒錯，拍成影像。

在寢室內裝設攝影機，將就寢時的模樣全部拍攝、錄影下來。我在睡覺時，不會將房內的燈光全部熄去，習慣會事先點亮一顆燈泡。考量到最近相機的性能，有這樣的光源應該就已足夠。

就算妻子再厲害，想必也不會料到我會這麼做吧。如果影片中拍到她的身影、她的動作，那將會是促成我解開「無法減少的謎」與查明真相的決定性證據。

## 11

在歲末將至的某個星期天，我瞞著妻子買回一臺規格合適的小型攝影機，裝設在寢室的衣櫥裡。當天晚上我馬上就開始對自己就寢時的模樣展開錄影。

第一晚。

我和平時一樣作息，起床後馬上以攝影機的液晶螢幕確認錄下的影片。話雖如此，那是約長達七小時的影片。當然了，基本上我都是以兩倍以上的速度快轉檢視，但上面記錄的，全是沒任何古怪變化的光景。

我在床鋪中央仰躺，棉被好端端地一路蓋到頸部，睡得很熟。我這還是第一次像這樣看到自己睡覺的模樣，睡姿相當好。規規矩矩，一直維持一開始的姿勢沒變，幾乎完全沒翻身，就這樣一覺到天亮。然後——

這段時間，至少就我從錄影畫面上所看到的，什麼事都沒發生。

我既沒起身離開，也沒其他人潛入我房間。貓也沒跑進來。當然也沒像那部恐怖電影或恐怖漫畫一樣，發生可怕的離奇現象。影片中只拍出我一動也不動的沉睡模樣。

第二晚和第三晚，基本上也都是一樣的情形。

我睡在床鋪中央，完全沒人進入房內。只知道我的呼吸聲不時會變大，有時還會微微打鼾，除此之外沒任何變化。只有如同靜止畫面般的單調畫面不斷地持續……啊，不。

等等。

等一下。

我在確認第三晚的影片時，突然有這種感覺。在單調的畫面中，我發現一個極細微的動作。——我是這麼覺得。

我對快轉的影片按下暫停，倒回前面一點的畫面。右下角出現時間的顯示。「04：04」——清晨四點零四分，秒數是「11」。

從那裡開始，接下來我沒按快轉，而是改用慢速播放。結果——

在時間顯示來到「04：06：15」的時候。

在昏暗畫面的中央一帶——仰躺的我臉部正上方的空間——在短暫的瞬間有個東西亮

了一下。

剛才那是什麼？

我定睛凝望液晶螢幕。

過了一會兒，同樣又有亮光一閃而過。

啊，這是……？

這到底是什麼？

這小小的液晶螢幕真教人焦急。但要轉移資料，用大螢幕重新細看，我又沒那個閒工夫。

我更仔細地凝視，緊盯著畫面瞧，真的是緊盯不放。最後，終於讓我發現那個東西了。

我在睡覺時，有個東西從天花板一路朝我臉部延伸而來，一條得專注細看才看得出來的黑色細線。

啊，這是……？

難道這是從天花板垂落的絲線或細繩的影子？

咦？

這到底有什麼含意？

這時，我驚訝又戰慄的腦中馬上浮現一個念頭。

不用說也知道，那就是江戶川亂步的短篇小說《天花板上的散步者》。我忍不住想到在這部小說中登場的那個有名的殺人手法。半夜悄悄走在天花板上，以此當祕密嗜好的主角，從碰巧發現的天花板節孔，朝睡在正下方的男子口中滴落毒藥，加以殺害。

不過，亂步在這部小說裡，應該沒使用絲線來滴落毒液。順著絲線準確地瞄準口中滴落，我記得應該是實相寺昭雄導演拍這部小說的電影版時所安排的橋段……啊～真是夠了，這類的知識一點都不重要。

總之，就是它了。

這就是真相。

那個在昏暗的空間裡發光的東西，一定是順著絲線滴落的液體。不過，這和小說或電影不同，那不是毒藥，一定是少量含有超高卡路里的某種新藥（？）……

我混亂的內心忍不住問一句「為什麼？」

為什麼？

為什麼她——妻子要做這種事？在十二月的這種冷天下，為什麼不惜模仿「天花板上的散步者」，也要做出像這種、這種、這種……

搖晃。

這時，整個世界突然開始歪斜旋轉。

搖晃。

是好久沒復發的暈眩……我才剛這麼想，暈眩感便愈來愈嚴重，我承受不住，當場跪地。幾乎同一時間，我的意識被黑暗吞噬。

# 12

當我緩緩醒來時，人已躺在床上。

我在自己的寢室床上。我仰躺著，棉被蓋到頸部。

只有燈泡發出的微光。沒有從窗簾的縫隙射進房內的陽光……這麼說來，現在已是晚上？

到底發生了什麼事，我無法理解。

早上醒來後，我馬上確認前一晚錄下的影像，過程中突然一陣劇烈暈眩，我就此倒臥現場。

但為什麼現在躺在床上？

為什麼外面已經天黑？

我是靠自己的力量爬到床上？還是說，有人將我搬到床上？而我一直失去意識，直到晚上？

我惴惴不安地望向枕邊的時鐘。

現在是清晨四點多。

感覺就像時間飛逝，或者是時間被偷走了。

「清晨四點多」到底是哪一天的清晨四點多呢？是看過第三晚的錄影畫面後，隔天的清晨四點多？

或者是……突然一個極為古怪的想法從我腦中掠過。

雖然我覺得不可能，但也許現在的時間是在我看那個錄影畫面的早上之前，也就是第三晚的清晨四點多。因為那劇烈的暈眩，使我將自己的時間倒回到幾小時前……啊～這怎麼可能！

說什麼傻話呀我。——我頭靠在枕頭上，不自主地用力搖起頭來，甚至覺得不管真相是怎樣都無所謂了。難道這是夢？此時這個想法也從我腦中掠過，如果是這樣，那就更無所謂了。

——我就這樣豁出了一切，在微微的亮光下視線游移。

不久，我的視線不由自主地被天花板吸引。望向床鋪上方，正好是我臉部正上方的位置，這時……

啊，真的有。

不知為何，之前我一直都沒發現，天花板的那個地方竟然有個還不小的圓形節孔，而就在我發現它的瞬間……

我與此刻正在節孔後方窺望我的某人眼神交會。

「哇！」

我忍不住大叫。

「哇～」

節孔後方的眼睛消失，我彈跳而起，頭頂上方傳來一陣卡噠卡噠的吵鬧聲響。我再度大叫起來。

「是誰？」

剛才那隻眼睛。

像魚眼一樣又圓又無神，但看起來也像充滿血絲……啊，至少可以確認那不是我妻子的眼睛。——我是這麼覺得。

不是妻子，而是有另一個人，在我不知情的情況下，每天晚上都潛入我家中的天花板上嗎？他從天花板的節孔朝我嘴巴垂落一條絲線，讓我喝下帶有超高卡路里的液體嗎？堅持要妨礙我減肥……

噠噠……

噠噠噠噠……

頭頂上吵鬧的噪音持續了好一陣子，不久，聲響從天花板上移往屋外去了。

我跳下床，拉開窗簾，望向窗外。

眼前是冬日的夜空，滿天星斗。在銀白色的星光照耀下，今年冬天的第一場雪，就此翩然飄落。而在這片雪景中——

我看到一個小小的灰色人影，沿著一樓的屋簷躍向車庫屋頂，以如同紅叡山的猴子般的動作，爬上外牆，在圍牆上疾馳而去。——我是這麼，桀桀，覺得。

人影從我家的圍牆跳向鄰居家的屋頂，接著又再跳向鄰居家屋頂……以不像人類會有的輕盈動作和彈跳力，桀桀桀桀，蹦蹦跳跳地跑遠。我目瞪口呆地望著這幕光景，這時，一陣劇烈的暈眩再度向我襲來。

搖晃。

在這開始扭曲旋轉的詭異世界裡，我勉強站穩腳步。

那個小小的人影（——大概是小孩子）要前往的地方，應該是，桀桀桀，幾年前由Q製藥買下的那棟老舊的大房子吧。為什麼我會這麼想，桀桀，我自己也不清楚。感覺好像有什麼理由，但不管我再怎麼努力回想，都還是想不起來……桀桀桀桀桀桀、桀，算了。

# 死後的夢

# 1

隆冬的嚴寒依舊持續的某個午後。

我開車載著妻子出門。

前往知名的古代遺跡如呂塚。

我不知道為什麼這天會和她一起前往如呂塚。也不知道是我提議，還是妻子提議。

總之，我們就此啟程前往如呂塚。因為嫌麻煩，最近都很少開車，而今天我重握方向盤，妻子坐在前座，雖然開啟了導航，但她還是攤開老舊的道路地圖。——我是這麼覺得。

我們從北側繞過紅叡山，進入細雪飄降的徒原村……從這一帶開始，馬路暫時與Q電鐵如呂塚線並排而行。這段時間，我們完全沒遇上往來的列車，過沒多久，馬路離開鐵路旁，往前開了一段路後，前方可以望見一處隧道入口。

這地方有隧道嗎？

我突然覺得納悶，但此時妻子從道路地圖上抬眼對我說道「這是黃泉坂隧道吧」。

她看的地圖上面有這樣的記載嗎？我斜眼瞄了一眼導航，加以確認，但上面沒有這樣的顯示。——為什麼？

我就這樣納悶不解地開車進入隧道。

隧道內沒半盞燈，可見這應該是很老舊的建築吧。該不會是哪裡搞錯，誤闖現在已沒使用的隧道吧？不，就算是這樣……就在我不知如何是好時，前方已看到出口。我微微踩下油門。

不久，車子從隧道駛出。

雖然駛出了隧道，但就在那一剎那——

我眼前突然一黑。不是失去視力，是因為眼前的擋風玻璃產生變化所致。

玻璃突然變得一片漆黑。有一群黑色物體大量地掉落下來，甚至應該說是朝我們撲了過來，瞬間將玻璃外側全部遮蔽。

那東西——不，那群東西緊貼在擋風玻璃上，擠得滿滿滿。是過去從未見過的怪異東西，應該是生物。

雖然有像翅膀的東西，但看起來不像鳥。雖然看起來像昆蟲，但感覺整體很滑溜。這種來路不明的生物（——大概是吧），多得數不清……

妻子放聲尖叫。

我急踩煞車。我方寸大亂，同時不自主地猛切方向盤，但這是最糟的處置方式。

一出隧道口，馬上便是一處大彎道。我轉動方向盤的方向，與彎道完全相反。因此，車子在煞不住的狀態下，直接撞向馬路護欄，並直接撞破，就此翻落馬路外的谷底……

……………

…………

…………

……在嚴重破損的車內，我勉強挪動身子。感覺到不同於痛楚的一種難以形容的不適感。

我望向一旁，只見妻子頭插進破裂的擋風玻璃內，全身痙攣。她渾身是血，手、腳、身體……全都扭曲成異樣的形狀。不管我怎麼叫她，她都完全沒回應，經過一陣劇烈痙攣後，她完全停止動作。

我知道她死了。

我放聲號啕。我在無法隨意行動的狀態下，持續為妻子的死悲嘆。然而——

不久，我的悲嘆也戛然而止。因為我發不出聲音。不光如此。我突然眼前一片模糊，看不清東西。連聲音也漸漸聽不到。所有感覺都逐漸被包覆我全身的不適感所吞噬，最後就連意識也……

我最後看到的，是自己映照在後視鏡的臉。

從我頭頂到額頭一帶，有一道很深的裂痕，一部分的腦子從裡頭跑出來。而剛才那來路不明的生物，有好幾隻附著在上頭……

緊接著，這輛嚴重破損的車子爆炸，燃起烈焰。

在無法逃脫的烈焰中，我也就此一命嗚呼。

＊＊＊

我做了這樣的夢。──我是這麼覺得。

我多次夢到自己喪命。話雖如此，像這樣開頭沒多久就喪命的模式，倒還不曾體驗過。也就是說──

在我像這樣喪命後，這個故事仍持續發展下去。

## 2

我獨自站在離烈火熊熊的車子數公尺遠的地方，望著眼前的情況。

──「我又這樣死了一次」。這是我產生這樣的認知後所出現的場面。

剛才的不適感消失，身體也能像平時一樣行動自如了。我戰戰兢兢地伸手摸頭，已沒有剛才所見的嚴重傷勢。一切都恢復原本的模樣。

也就是說，此刻人在這裡的我，是「死後的我」──

我得到這樣的曉悟。

我的肉身，在那起火燃燒的車內喪命。此刻在這裡的我，應該是像鬼魂、亡靈、亡魂之類的東西吧。既是這樣——

雖然看起來像「現實的延續」，但這裡已經算是「死後的世界」嗎？

——嗯，像是這麼回事。

我坦然接受眼前的情況，離開現場。

接著我闖入深邃的森林中。無數棵樹齡長達數百年，不，是長達數千年的巨木聳立其中，即使仰望也看不到天空的顏色，無比深邃的森林……

我漫無目的，不斷地在這座「死後的森林」裡徘徊，最後終於來到視野開闊的地方。在這裡等著我的，是意想不到的風景。

一處碧綠中微微泛紅——

不顯一絲波紋，平靜沉滯的廣闊水面。

算是一座小沼澤，或是池子。而在池畔處——

有一座似曾見過的建築。

四層樓高的鋼筋水泥建築，老舊髒汙的灰色外牆……啊，這不就是生前關照過我的深泥丘醫院嗎？

## 3

我就像被吸過去似的，就此走進建築中。

一樓的候診室已有幾名客人在。個個都氣色不佳（彷彿這樣才像死人一般），癱坐在長椅上，沉默不語。

我發現裡頭有一位朋友。

記得是三年前，在鎮上櫻花燦放的春暖時節，他因意外事故而喪命。他是我小學同學，在市政府的文化財保護課任職的朱雀。——果然沒錯。這裡是在死後世界裡的「死後的醫院」。

「嗨，朱雀。」

我拿定主意，試著和他說話。

「好久不見呢。沒想到會在這種地方再次碰面……」

朱雀一開始雖然望向我，應了聲「嗯」，但旋即又別過臉去，接著嘀咕著一些莫名其妙的話。

真的是莫名其妙的話，至少可以確定不是日語。也不是英語、法語，或是德語。更不是俄語、中文、韓語。——我是這麼覺得。

搞什麼啊——我大感詫異，就此離開朱雀身邊，試著前往掛號櫃臺。那裡有位沒見過的女性職員，但她一定也是名死者。臉色奇差無比。

「不好意思，請問一下。」

我小小聲地向她喚道。

「呃，這裡到底是……」

但對方同樣以莫名其妙，語意不明的話語回答我。和朱雀的嘀咕又不一樣（——我是這麼覺得），是從沒聽過的語言。

正當我不知如何是好時，有人用我聽得懂的話向我詢問。

「您有什麼問題嗎？」

我轉頭一看，眼前站著一名身材高大，身穿一襲白衣的男子。左眼戴著茶綠色的眼罩，是在深泥丘醫院任職的腦神經科的石倉（一）醫生。

「為什麼醫生您會在這兒？」

我不禁納悶地偏著頭問道。

「這裡是『死後的醫院』對吧？該不會醫生您也……」

「我沒死哦。」

醫生如此回答。仔細一看，他確實和其他人不一樣，氣色很好。

「不過，我不時會被叫來這裡。我也不知道為什麼。」

「哦——」

「您剛才死了，所以才來到這裡對吧。」

「對。好像是。」

「那麼，我必須給您一個忠告。」

醫生手指抵向眼罩外緣，略微壓低聲音說道。

「您聽好了。千萬別靠近屋頂。——知道了嗎？」

## 4

不過，要是聽人說別去，就會愈想去，這算是人之常情吧。雖然我已經死了，但因為生前的職業是作家的緣故，我有難以壓抑的好奇心。

後來我違抗醫生的忠告，想搭上通往建築頂樓的電梯。但原本的深泥丘醫院與這裡的建築結構似乎有點不同，原本理應有的電梯，我遍尋不著。不得已，最後我決定爬樓梯上去。

在二樓的樓梯間遇見幾名男女。姑且不論他們是否為住院患者，他們個個都氣色很差，是死後世界的居民。

他們你一言我一語地交談著，就算我不想聽，也還是傳進我耳裡。雖然不是像剛才在一樓聽到的那種「含意不明的語言」，然而——

「……在下不甚明白。」

「既是如此，眼下就由鄙人……」

「……此事懇請交由奴家處理。」

「是，原來是這樣唄。對您真抱歉唄。」

搞什麼啊——我心想。

在下？鄙人？奴家？懇請？……他們說的到底是哪個時代的話啊？

他們個個看起來都沒那麼老啊。甚至看起來還比我年輕，身上穿的衣服，也都是再普通不過的現代服裝。搞不好原本是時代劇演員之類的吧。不過——

因為太過突然，令我覺得很不對勁。

還有「唄」也是一樣。雖然是很有名的京都腔，但現在這個時代，已很難遇到整天把「唄」掛嘴邊的市民了。

這時候實在很想說一句「這和俺沒關係……」，我就此匆匆從旁通過。而當我走上通往三樓的樓梯時，途中又遇到一位身材高大的醫生。這次是以茶綠色的眼罩遮住右眼，消化內科的石倉（二）醫生。

「我得給您個忠告。」

他和剛才在一樓遇見的石倉（一）醫生一樣，手指抵向眼罩外緣說道。

「請千萬別靠近屋頂。——知道了嗎？」

## 5

在三樓沒遇見任何人，但當我繼續走上樓梯，抵達四樓時，我對現場的情況大為吃驚，整個人呆立原地。

那裡有幾名男女。

這次全都是和我差不多年紀，或是比我年長的中老年人，其中一人看起來很像我已故的祖父。但包括這位像我祖父的老先生在內，他們看起來模樣都很怪異，甚至應該用淒慘來形容。

簡直就像在戰場，不，像在野戰醫院——這是我的第一印象。

他們身上穿的衣服，有的破裂，有的燒焦，有的破破爛爛，有的呈黏糊狀，無比髒汙。那髒汙是流血所造成，特別顯眼。而他們的肉體也和衣服一樣，各自都傷痕累累，被自己身上的血染髒。

有個人的右臂從肩膀處被砍斷。

有個人的左腳自膝蓋以下完全消失。

有個人雙眼全毀。

有個人被削去雙耳。

也有人沒有雙臂。有人去失雙腳，俯臥在地上，也有人頭部幾乎三分之一都被炸飛。這些人在樓梯間和走廊上遊蕩。簡直就像戰場上的……不，不對，這簡直就像行屍走肉——殭屍一樣。

當我想到「殭屍」一詞，馬上反射性地做好防備。——不過，幸好他們都沒有要襲擊我的動靜。連看也不看我一眼，就只是一味地四處遊蕩。同時從口中發出可怕的呻吟聲。

我突然從呻吟聲中聽出具有含意的話語。那是他們當中的某人對別人發出極具攻擊性的一句話。——我是這麼覺得。

怎麼回事？為什麼突然……正當我心裡這麼想的時候。

他們發出的話語，開始變得愈來愈多。

老實說，他們正展開對罵。

沒有右臂的人對雙眼失明的人罵道「你這個混〇」。雙眼失明的人經他一罵，也很不客氣地回罵一句「說什麼屁話。你這個□□」。接下來已無從分辨是誰和誰在對罵，一陣激烈的相互謾罵。

〇〇〇加□□□、×××加△△△，還有※※※※……

在出版界、傳播界，以及其他業界近乎強迫症的自主規範下，近年來幾乎都已不再使用的許多「不當用語」，此時都肆無忌憚地你來我往。就生前長期以執筆為生的我來看，這比我眼前看到的怪異畫面還要怪異。明明全是以前用得很普遍的話語，但可能是因為在多年的作家生活中，一直被人們提醒「這個不適當」、「那個也不適當」，已深深植入我的思考回路中……

待在這裡我覺得很不自在，而且漸漸覺得害怕起來，於是我再次匆匆從旁走過，走向從四樓通往屋頂的樓梯。

在樓梯途中，又遇到身材高大的醫生。他左右眼都沒戴眼罩，但戴著一副茶綠色方框眼鏡。

「我得給您個忠告。」

他──牙科的石倉（三）醫生緊盯著我的臉瞧，和其他石倉醫生說著一模一樣的話。

「請千萬別靠近屋頂。──知道了嗎？」

## 6

我無視於石倉醫生們一再提出的忠告，最後走上建築的屋頂。

戶外已是黃昏時分，天色微暗。屋頂的模樣似曾見過，此時這裡擠滿了人。

這一幕會令人想起幾年前「六山送火」的夜晚……不過，此時聚在這裡的人們──他們大概也都是死者吧。在死後世界裡的這個死後的醫院，不知為何，亡靈們全聚集在屋頂上。

我走出樓梯間，往前走了幾步，肩膀撞到某人。被我撞到的人（和我差不多年紀的男性）毫無抵抗地一屁股跌坐地上，我馬上向他道歉「啊，對不起」，但他不領情，朝我咆哮道：

「小心一點！你這狗娘養的！」

「啊……真的很抱歉。」

我急忙一再向他道歉，心中微感震驚。不是因為被對方咆哮，而是對他的用語感到吃驚。狗娘養的！——這句話。

現在這時代，還有人會用「狗娘養的」這種罵人的話嗎？

我重新整理心情，朝屋頂前進。

我的目標是那處閣樓。那處位於這個場所，不知為何完全採日式建造，模樣很像神社正殿的……

「請千萬別靠近屋頂」，石倉醫生們再三向我提出忠告。因為我覺得他們所說的「屋頂」，可能是暗指「屋頂的那處閣樓」。

果真在我記憶中的位置上，看到了閣樓的影子。然而，在我抵達那裡之前，得先撥開聚集在這裡的大批人潮……

「喏，你看前面那對老相好。」

有位中年女子向我搭話。

「他們不是在那裡摟在一起，隔著柵欄望向地面嗎。聽說那對情侶是殉情死的。手牽著手，從大樓的陽臺往下跳。」

「哦——」

我隨口回應，但心裡總覺得有哪裡不太對勁……

「就算從這裡再一次往下跳，也沒啥錄用啊。」

「嗯。的確，沒啥錄用……。」

唔，這、這是怎麼回事？

我繼續往前走，這次改為傳來年輕男女閒聊的聲音。

「我說，你不覺得那個模樣超遜的嗎？」

「會嗎？我覺得帥爆了。」

「拜託，超慫的好不好。超 very bad！」

「抓奶龍爪手！」

「唔噗……」

這這這、這在搞什麼啊？

我緊緊閉上眼睛，握起拳頭輕敲腦袋。

聚在這裡的人們，應該和我一樣，都是已死之人，可是——

他們說話的用語是怎麼回事？

老相好？沒啥錄用？帥爆了？超 very bad？抓奶龍爪手？唔噗？

這些用語感覺好久沒聽到了，現在幾乎已沒人會這樣用了……

「啊……」

當我抵達閣樓的大門前，我忍不住發出一聲驚呼。

在前來的這一路上，陸續傳進我耳中的，全是像「幾年前曾得過流行語大賞」，但現在在開口說之前會猶豫再三的話語——

「原來如此，這是……」

「沒錯。」附近傳來一個聲音，回應我的低語。是個熟悉的女性聲音。

「啊，妳是……」

是深泥丘醫院的護士咲谷。

她的白衣外面披著一件鮮紅色的長大衣，整個人倚在閣樓入口的大門上，手中拿著一本文庫本。那本書打開著，就像她剛才一直在閱讀般。

「您最後還是來了。」

她以冷峻的眼神望著我。

「而且您已經發現了對吧？」

「是——」

我戰戰兢兢地點頭應道。

「也就是說，這裡不是死後的醫院，而是死語[10]的醫院對吧？」

## 7

在一樓遇見的朱雀以及掛號櫃臺的女性職員所說的那些莫名其妙、語意不明的話語。——那是「死語（dead language）」。雖然不知道那是古希臘語、凱爾特語、西臺語……還是什麼語言，總之，是很早以前就已沒在使用，消失的語言。是這種含意下的死語。

我在二樓遇到的那幾個人所說的話，在現代除非是很特殊的情況，否則也不會使用。就是這種含意下的「死語＝廢語（obsolete word）」。

四樓那些你來我往的○○○、□□□，也一樣是死語。因為「不適當」，而不分青紅皂白，全部從現代語中找出來抹除的語彙。這同樣也可稱作「死語」吧。

而在這座屋頂上，則滿滿都是更通俗的「死語」……

「這是怎麼回事？」

我一本正經地詢問。

「『死語的世界』竟然這麼無趣……」

10 「死語」與「死後」，發音同樣都是「しご」。指已經過時，現今已不使用的語彙。

「哎呀。您還沒發現嗎？」
她一臉意外的表情。
「因為您比較特別，我還以為您老早就察覺了呢。」
「察覺出這世界的意義是嗎？」
「沒錯。」
「不，我……」
我偏著頭，答不出話來，她再度以冷峻的眼神望著我說道：
「不是有句話說，要隱藏樹枝，就要藏在森林中嗎？」
我的頭更偏了，向她反問道：「這……？」
「我的意思是……」
護士回答。
「要隱藏死語，就要藏在死語中。」
「隱藏死語？」
我始終偏著頭，納悶不解。
「妳這到底是……」
在說些什麼啊？
「您不懂嗎？」

護士將攤開的文庫本合上。

「都這時候了，我就告訴您吧。」

「是。」

「剛才說的『死語』，若換個說法，就是『死亡話語』。」

「死亡……話語？」

「沒錯。既不是dead language，也不是obsolete word。舉例來說，或許該稱之為the word of death……」

「是──」

我半信半疑地點著頭。

「那是怎樣的話語？」

「禁止說的話語，可怕的禁忌話語。」

護士說。

「絕不能知道，就算知道也絕不能說出口。一旦說出，最後『死之門』會開啟，世界將會被『死』淹沒。」

和字面意思一樣的「死亡話語」是嗎？可是，這宛如究極咒文般的東西，到底是……

護士沒理會一臉困惑的我，仍一本正經地繼續往下說。

「那句話──禁忌的『死語』，就隱藏在這裡。所以……」

為了守護那個祕密，大家才會在這裡這麼賣力，像那樣你一言我一語地說著死語。讓醫院布滿無數的死語，想打造出一座隱藏禁忌「死語」的「死語森林」。——原來是這麼回事，原來是這樣。

「就在這裡頭對吧。」

我突然感到一股強烈的衝動，向護士逼問。

「它就在這間閣樓裡嗎？」

這時——

護士不置可否地從她原本倚著的那扇門移開身子，那模樣就像在說「隨你高興吧」。

我雖然略感躊躇，但還是邁步走向那扇門。

此時我瞄到護士手中那本文庫本的封面。那是我在距今二十多年前發行，人稱「新本格推理小說」，一度蔚為話題的作品。——我是這麼覺得。

新本格……哦，這現在也已經是死語了吧。

我閃過這個念頭，一度停下動作，但最後還是抗拒不了內心的衝動。

我打開門。

就此知道它是什麼。

＊＊＊

我做了這樣的夢。——我是這麼覺得。

醒來時，床邊的桌子上有一張沒印象的便條紙。在那像是從筆記本上撕下的小紙片上，不知為何，用紅色鉛筆寫著我沒印象的文字（一般是這麼認為）。

不是平假名，不是片假名，也不是漢字，更不是羅馬字或阿拉伯字，是形狀從未見過的文字（一般是這麼認為），一共有十幾個排列在一起。

我大感困惑不解，睡眼惺忪地注視著那張便條紙。這時，不知為何，那理應念不出來的文字（一般是這麼認為），我卻覺得自己會念（＝能發音）。然而——

「嗯……還是算了。」

我如此嘀咕道，將那張便條紙揉成一團，丟進菸灰缸裡，點燃了火。

那是三月上旬，第二個星期六早上發生的事。

雖然隆冬的嚴寒依舊持續，但這天全國都是晴空萬里，平靜祥和的一天。

# 閉關奇談

# 1

很久以前……我想大概是我還在念小學，十歲左右那時候的事。

有人帶著我在市內的某家飯店過夜。那是很遙遠的記憶，就像被雨淋溼的水彩畫一樣，整個嚴重暈開，許多部分的顏色融解掉色，連它的存在本身都令人感到懷疑。

「這種老舊的飯店暗藏了許多祕密哦。」

某人對我說過一些話，不知為何，現在仍不時會在耳畔浮現。

「不知道會是怎樣的祕密呢。」

這個「某人」，是我的叔公。也就是我爺爺的弟弟。

他在我們親戚當中算是個怪人，終其一生都沒結婚，也沒孩子，也不像一般人一樣會和親戚往來。後來我才知道，他以前曾在某個研究所任職，後來突然辭職，在國內外過著四處流浪的生活。

這位叔公雖是這樣的人，但不知為何，他似乎特別疼愛我。雖然聽說是這樣，但我只記得他略顯沙啞的嗓音，以及留著花白鬍子的模糊臉孔。

我想，大概是寒假或春假當中的某一天，叔公帶我到那家飯店去。到底是因為怎樣的緣由帶我去，我已完全記不得了。

那是在人稱古都的這座小鎮上，號稱最古老、最有來歷的高級飯店。過去曾有充當迎賓館使用的一段歷史。緊鄰華兆山山腳，占地廣闊，不過離市街也不遠。也很靠近永安神宮和池崎公園。從遠處望去，它就像是從地勢較高的山腳俯瞰小鎮般，別有一番古城風情，除了它原本「Q＊＊飯店」的正式名稱外，還有一個別名叫「坡上飯店」……這些都是我後來得到的相關知識。

那天晚上，在那家飯店的客房裡，我和叔公度過一段怎樣的時間呢？

話說回來，他為什麼要帶我去那種地方呢？——不管我再怎麼在憶海中探尋，都還是想不起來。只記得我們住的是兩間相連的豪華客房，我有生以來第一次睡在那麼鬆軟的床鋪上。

再來就只記得那天晚上，叔公對我說了些話。

「這家飯店的『本館』，是昭和初期委託某位美國建築師設計而成……」

記得是這樣，我有他告訴我這件事的記憶。對了，他當時望著我的眼神，感覺有點迷濛混濁……

「這個嘛，到底是怎樣呢？你認為這裡會藏有怎樣的祕密？」

## 2

我突然覺得有動靜。——我隱約有這種感覺，就此從朦朧睡意中醒來。

有人……不，是某個透著寒意的詭異氣息。

我才剛有這樣的意識，便全身寒毛直豎。雙手的上臂微微冒出雞皮疙瘩。

不過，這「某個」東西到底是什麼？

現在這個地方，除了我之外，應該什麼也沒有才對。不可能會感受到理應不存在的「氣息」，但我卻「感覺」到了，這一定是我自己多心了。——沒錯，當然是我自己多心了。

我盡可能語氣平淡地告訴自己，從椅背上移開上身。擺在眼前桌子上的筆電，正處於休眠狀態。我似乎就這樣坐著打起了盹。

這裡是我在東京停留時所住的飯店客房。

住到今天已經一個星期，自從我辦理住房登記後，一直都沒離開過這裡。除了去館內的咖啡廳外，幾乎都沒離開過房間。基本上每天都窩在這裡。我接觸的人只有飯店員工，以及每天到這個房間來拿稿子的責編秋守先生。——一般來看，這樣的狀況實在不太健康。

可能就是因為這樣，才會被這種奇怪的感覺困住。

「寒毛直豎」也就是感覺到「恐怖」才會有的身體反應吧。——可怕嗎？我覺得害怕嗎？——害怕什麼？該不會是怕「鬼魂」這類的東西吧……不，怎麼可能。

害怕自己一個人住飯店——我有幾位朋友曾很認真地說過這樣的話。他們每個人都說，因為半夜有某個東西（老實說，就是鬼）會出現（或是有預感會出現），但我原本就不相信有這種東西存在。所以以前住飯店都不曾有過這種恐怖經驗。

但此刻……

我緩緩環視亮著燈的室內。

雖說是東京裡頭的城市飯店，但房間內部空間相當寬敞，有一張特大雙人床。還有兩張一人座的沙發，與床鋪中間隔著一張大理石小圓桌。還有一張擺放電視的古董風木製電視櫃。面向庭園的窗簾敞開著。……沒任何異狀。

我往浴室和廁所窺望。也順便檢查嵌入式的衣櫥內。——但到處都看不到人影。這也是當然的。果然是我自己想多了。

「真是夠了。」

我故意發出聲音低語。

「大概是累了吧。」

我查看時鐘，得知現在還不到凌晨三點。今晚我還沒辦法休息。就沖個澡轉換一下心情吧。

唉，可是……

我慢吞吞地走向浴室，這次低語就沒發出聲音了。

像剛才那樣的反應，已經是第幾次了呢？

## 3

很久以前我與某出版社說好要寫一部「全新特別長篇小說」，但寫稿的進度嚴重落後，等得不耐煩的責編秋守先生提議道「要不要試試久違的閉關寫作」。我也充分感受到危機感，於是拿定主意回應道「那就試試看吧」。

——就這樣，上個週末我離開住處來到東京，住進這家飯店。這時都已過了九月中。

所謂的「閉關」，就是將作家關在飯店或旅館的客房裡，讓作家處在「只能寫稿的環境」下專心寫作，是行之有年的一套做法。這段期間的各項費用，原則上是由出版社負擔，以此對作家施壓，編輯幾乎每天都會來拿稿。

但也不是對每位作家都管用，當中還是有寫不出稿子，從閉關場所逃走的強者，但我是個膽小鬼，不會做這種事——或者應該說，我做不出來。最後，稿子已有相當的進展，但付出的代價是肉體和精神的嚴重耗損。

我二十多年來都從事這項工作，所以過去也有過幾次閉關的經驗。但這十年來都沒這樣的機會，這次真的是睽違多年的再次閉關。

可能也是這樣的緣故吧。

突然感覺到前所未有的沉重壓力，不管再怎麼閉門不出，想要全神貫注，但始終想不出東西，理不出脈絡。想描寫的場面、非寫不可的場面，想不出適合的文句來形容。就算硬寫，寫出的文章自己也沒辦法接受。對整個故事的邏輯性存有很大的問號，細部不夠細膩更是令我在意。這部長篇本格推理小說的故事已經過了四分之三，明明都已即將迎來高潮，卻還處在這種狀態……

前三天的情況特別慘。不過，後來勉強每天寫出幾張稿，交稿給秋守先生……到了第四天，終於一天能寫出十張稿紙，然而……

我想，就是從那時候開始。

半夜會突然無來由地感覺到某個怪東西的氣息。

## 4

這世上不可能有鬼魂——長期以創作本格推理小說為業的我，一直如此堅信。雖然遭遇不可思議的事，有時這樣的想法也會為之動搖，但我基本的信念依舊未改。

「世上就是有不可思議的事。」

我住處附近有一家對我多所關照的深泥丘醫院，那裡的主治醫師石倉（一）醫生曾說過這句話。

「世上就是有不可思議的事，但鬼魂不算在內。」

醫生很肯定地這樣說道，撫摸著他遮住左眼的茶綠色眼罩。

「要是真有鬼魂這種東西可就麻煩了……」

不過，在另一次的機會下，感覺醫生也說過這樣的話。

「世上就是有不可思議的事，但鬼魂不算在內。──對，沒錯。」

接著他很肯定地說道。

「不過，那指的是人類的鬼魂。」

有人類以外的鬼魂存在──這是當時醫生的主張。為什麼聊到這個話題？感覺好像是發生很重大的事，但我還是老樣子，記憶一片模糊……

……我就這樣展開多方回想，走進浴室的淋浴間。

我讓微燙的熱水從頭淋下，努力想揮除那緊纏著我的怪東西氣息。

經這麼一提才發現，昨天我像這樣在半夜淋浴時，突然感覺到奇怪的氣息。一股怪異的寒氣猛然從腳底往上竄，同時聽到某處傳來一個微弱的「唧唧唧」聲。……唧唧唧唧、唧。

我嚇了一跳，轉緊蓮蓬頭，試著豎耳細聽，但已聽不到怪聲，也不再感覺到寒氣。

如果採理性的判斷，那同樣單純只是我想多了，不過……唧唧、唧唧唧。

我走出淋浴間，穿上浴袍，不經意地摸著胸口一帶，望向洗臉臺的大鏡子。

一時間，覺得映在鏡子中的臉不像是我自己。可能是久違的閉關生活帶來的壓力使然吧，我臉色無比蒼白，兩頰消瘦。

仔細想想，自從辦理住房登記後，我一天只吃一餐。而且都只吃客房服務提供的三明治。我提不起想走路到飯店內的餐廳用餐的食慾，就算到飯店內的咖啡廳，也只是咖啡一杯接一杯地喝。

像這種時候，如果是愛酒人士，可能會讓自己喝醉，以此消愁破悶，讓自己情緒高漲，但偏偏我不能喝酒。因為我喝了酒之後，就會馬上人不舒服，倒頭就睡。

「真傷腦筋。」

這次我是在無意識下喃喃自語。

明天——不，今天下午，秋守先生會來拿稿。在那之前，至少也得再寫個五、六張稿……啊，真是的，都這把年紀了，還閉關趕稿，真是魯莽啊。對肉體和精神都有害。所以才會從前天開始一再地感覺到有怪東西的氣息……

我深深嘆了口氣，走出浴室。

就在這時。

房內的燈光突然全滅。

## 5

「這種老舊的飯店暗藏了許多祕密哦。」

不知為何，遙遠記憶中叔公說的那句話浮現耳畔……

「不知道會是怎樣的祕密呢。」

經這麼一提才想到，那一晚是最後一次見到叔公。之後再也沒見過他。——我是這麼覺得。

## 6

我對燈光突然轉暗大吃一驚，忍不住發出「嚇」的一聲驚呼。

是停電嗎？

我摸索著找到電燈開關，試著按了好幾次。但無法亮燈。我豎起耳朵細聽，就連剛才聽得到的空調和換氣扇的運作聲響也都消失了。

果然是停電嗎？

從敞開的窗簾外的那扇大面積的玻璃窗射進微光。我眼睛逐漸習慣黑暗，藉著那道微光移往窗邊。

這裡是六樓的窗戶。

解除窗鎖後，打開了一點縫隙，微溫的外頭空氣流進室內。下方是庭園的一整片森林，但那裡看不到任何光線。庭園景觀燈也全部熄滅，照進室內的是來自夜空的微弱星光。

這是我上東京時常會入住的飯店。

是位於某區高地上，名叫「Ｆ＊＊飯店」的老字號飯店，它沉穩的風情與幽靜的地理環境都堪稱是東京首屈一指。在占地中占有很大比例的廣闊庭園裡，有源氏螢火蟲棲息其間，每年在初夏的某個時期都能享受那夢幻絕美的光點之舞。——但現在已是秋初。今年的成蟲已全部死光，路燈熄滅的庭園森林裡，只有深邃的黑暗盤踞。

我在窗邊佇立了半晌，但始終不見復電。我漸感不安，手伸向擺在桌子角落的電話。試著打電話給櫃臺，但可能也是受到停電的影響，電話完全撥不通。

我想到床頭櫃底下應該備有手電筒。於是我找出它來，點亮了燈。

就在這時。

沙、沙沙沙、沙……房內某處傳來聲響。

我寒毛直豎。因為感覺到「恐怖」而做出的身體反應。——怎麼了？剛才那是什麼？

我試著以手電筒微弱的光線照向四方，很快便發現那個東西。

在房內深處左手邊的牆壁。那裡有扇門打開著。辦理住房登記時，那扇門明明一直都緊緊關著，而且還上了鎖。

## 7

原本是兩間相連的套房，改為將中間的門關上，當作普通客房提供客人住宿的情況，在這種飯店並不罕見。這就是那種房間啊——入住的第一天，我發現房內深處那扇「不能開的門」，心裡便明白了，所以也沒特別放在心上。

啊，經這麼一提——這時我才想起。

這次我住的房間，是飯店人員第一次帶我來的飯店「舊館」裡的房間。內部裝潢和家具都和「新館」的客房沒多大不同，所以我在房內閉門不出後，差點就忘了這件事。

平時住宿的「新館」，似乎因為有多個團體客預訂，住滿了人。我因為要閉關而在此長期停留，視情況而定，或許還會再多住幾天，飯店方面考量到我的情況，特別為我準備的，是平時不太提供住宿的「舊館」這間客房。有團體客在往往會比較吵鬧，他們想必也是顧慮到這個層面才做出這樣的提議吧。

「最近作家閉關的情況已經很少見了呢。」

在辦理住房登記時，那位年近半百的飯店經理刻意前來問候，對我這樣說道。

「聽說以前更常利用這裡閉關。尤其是在『新館』蓋好前……」

F＊＊飯店的「舊館」，與玄關和主大廳所在的「新館」之間，以一條像隧道一樣長的遊廊相連。它的入口位於建築一樓的最深處，之前我從沒去過。

「因為已是老舊的建築，所以也有人建議乾脆拆了它。但它是昭和初期建造的珍貴文化財，基於這個觀點……」

說得得意洋洋的這位經理，雖然年紀不同，也沒戴眼罩，但總覺得很像深泥丘醫院的石倉醫生。——我是這麼覺得。

「幾年前我拿定主意，加以改建，所以現在設備和『新館』幾乎沒什麼不同。應該不會讓您感到有任何不便。」

「昭和初期的建築是嗎？」

面對我不經意的詢問，飯店經理點頭應了聲「是的」。——我是這麼覺得。

「聽說當時是由一位美國麻州出身的知名建築家所設計……」

他帶我來到六層樓建築最上層的房間，交給我的房卡上寫有房號【Q－606】。

## 8

接著我就此一腳走進那扇開啟的門內。

我實在無法對它視而不見。

為什麼現在這扇門自己打開了呢？門後會有什麼？……「別管它」、「別進去」，我抵抗心裡發出的聲音，身體自己動了起來，怎麼也阻止不了。

門後一片黑暗。往前照出的手電筒亮光，就像力量全被奪走吞噬般，無比濃重的黑暗。

我惴惴不安地往前走了一、二步時——

搖晃。

就像被黑暗玩弄般，微微感到一陣暈眩。我又往前邁出一步時——

搖晃……搖晃……

這次是暈眩兩次。

我用力甩頭，想擺脫暈眩，但就在那一剎那，手電筒的亮光突然消失。

電池耗光了嗎？

我壓抑焦急的情緒，停下腳步，轉身向後。然而——

剛才走進的那扇門不見了。我完全被關在黑暗中，不清楚自己身在何處。就連剛才從窗外射進的微弱星光，也完全看不到……

就算看不到，只要往回走，那扇門應該就在那兒才對。然而——

我沒做這樣的選擇，我握著那不亮的手電筒，決定繼續在黑暗中前進。在好奇心的驅使下……不，光是這樣還無法說明，是在連我自己也不懂為什麼的衝動驅策下，採取這樣的行動。

搖晃。

幾秒後，又一陣激烈的暈眩向我襲來。我承受不住，當場屈膝跪地……

……

……

……

……好不容易暈眩散去，我站起身，這時眼前的情況起了微妙的變化。之前的黑暗微微轉淡，已勉強能看出室內的情況。

我重新握好手電筒。抱持姑且一試的想法按下開關後，竟然亮了。難道電池沒耗盡？但為什麼……

疑問堆積如山，但現在沒時間一一細想。

我以重現的亮光照向四方，提心吊膽地往前走。房間裡有足以供五、六個人坐的沙發組，還有一張比隔壁房間大的桌子，裡頭沒擺床鋪。

套房的客廳是吧。

這是我目前所得到的理解，但我旋即在心中低語一聲「不，等等」。

就算是這樣，還是很奇怪。感覺這個房間……

我並非已做出細微的觀察或是比較，而看出哪裡不對勁。因為此時我也沒那個多餘的心思。然而——

我就是覺得不一樣。

這裡不一樣。
這房間不一樣。
該怎麼說好呢？與剛才待的隔壁客房相比，空氣不一樣，性質不一樣，構成不一樣。
——我是這麼覺得。
我略微加快腳步，朝擺在窗戶前的書桌走近。手電筒的亮光捕捉到桌上的電話。
「啊……不一樣。」
我不禁感到腦中一片混亂。
電話的形狀與隔壁房間的電話明顯不同。它不是按鍵式，而是現在已完全看不到的轉盤式電話。而且——
「……4、4、9」
轉盤中央貼著一張標籤。我念出上面的數字，腦中更加混亂。
因為隔壁房間的房號是【Q－606】。意指「舊館」的六樓六號房。但這裡卻是【449】？
四樓的49號房？這到底是……
我完全搞不清楚是怎麼回事。
我受不了這樣的詭異氣氛，轉身面向剛才走進的那扇門。可怕又濃密的黑暗阻擋了去路。我因為想離開這裡，而以手電筒亮光照向它，但完全無法驅走黑暗。非但如此，它還吸收了亮光，將它化為自己的一部分，看起來彷彿緩緩膨脹起來。這到底是怎麼回事……

我因慌亂而四處游移的視線，被桌子後方的窗戶吸引。

窗簾沒拉上，是一扇玻璃窗……啊，這扇窗也不一樣。明顯和隔壁房間的構造不同，仔細一看，外面有陽臺。只要打開它，就能到陽臺去。

那不斷膨脹的黑暗很駭人，於是我馬上打開那扇窗。逃也似的來到陽臺上。

甫一走出，便對外頭的冷冽空氣感到吃驚。

我呼出的氣息就這樣凍結，化為白霧。這不是秋初的氣候。簡直就像隆冬……

我胸膛抵向圍欄的扶手，抬頭仰望天空。這時，月亮從飄動的雲縫間露臉。是散發詭異的紅褐色光芒，形狀如弓的新月，而且……

月光照亮眼前的風景。

啊，這也不一樣。

完全不同。

不是從隔壁房間的窗戶看到的飯店庭園。出現我眼前的不是庭園的森林，而且綿延相連的高大土牆，以及它外面林立的許多……那是？——沒錯，那不是墓碑嗎？那道土牆後面是墓地嗎？怎麼會這樣……

我當自己看到幻覺，因而再次仰望天空，用力眨了眨眼。我刻意避開墓地（看起來像是）的方向，望向別的方向。結果——

右手邊斜前方。

遠處可以看到一棟巨大建築物的影子。拜月光之賜，連它塗成紅漆的顏色也看得出來，不過，那是……？——沒錯，那不是鳥居嗎？就我所知，東京的Ｆ＊＊飯店附近理應沒有的巨大紅色鳥居的影子……

這裡是……

這裡到底是哪兒？

我終於向自己提出這個問題。不過，在我提問時，感覺似乎已知道答案。

這裡不是我住的Ｆ＊＊飯店。甚至不在東京。以現實面來思考，這是絕對不可能的事，但也許這裡是……

這時，突然有個異樣的東西發出「聲音」，令夜氣為之震動。

那是什麼？就像來路不明的動物發出的叫聲般，一陣陰森詭異的聲響從遠處傳來……不，或許不會太遠。沒錯，聲響就從這附近傳來，令人意外。

颼、颼颼颼……

「這個嘛，到底是怎樣呢？」

與鳴叫聲重疊，遙遠記憶中的那句話，再度在耳邊甦醒。

「不知道會是怎樣的祕密呢。」

# 9

我因寒冷和恐懼而全身顫抖，就此返回室內。

感覺整個房間裡的黑暗濃度有增無減，而我原本握在右手中的手電筒，不知什麼時候掉了，已不見蹤影。現在只有窗外射進的月光勉強支撐著我的視力。

我跑向桌邊，查探電話四周。客房裡應該會備有便條紙。我很快便找到它，拿著它返回窗邊。藉著月光，仔細凝視。然後——

我看出來了。

便條紙的黑色皮革封面角落，寫著一行銀色的小字——「Q＊＊飯店」。

「果然沒錯」和「怎麼可能」相互衝擊，我的精神差點發出尖叫。

果然沒錯，這裡不是我住的F＊＊飯店。是以前叔公帶我去過的Q＊＊飯店，搞不好就是當時我們住的那間客房……不，怎麼可能？怎麼可能會發生這種事……

可能是浮雲再次遮蔽了月亮吧，窗外射進的亮光突然消失。黑暗緊緊包覆悚然呆立原地的我。

什麼也看不到——當真是伸手不見五指。

視力和方向感同時都被奪去，根本不知道剛才走來的那扇門位在何處。連大致的方向都猜不出來。

就像被噴了「急凍噴霧Q」，就此凍結的蜈蚣一樣，愣在原地，一步都動不了，這種狀態持續了數秒之久——

我突然感覺到一股異樣的氣息。有人……不，是某個透著寒意的詭異氣息。

從深邃的黑暗深處發出滴答的一聲。

滴答、滴答……像是水滴。不，不對，是一路滴著水走來的某個東西……

「這個嘛，到底是怎樣呢？」

遙遠記憶中的一句話，再次浮現耳畔。

「不知道會是怎樣的祕密呢。」

——這時，我終於想起來了。

那一晚是最後一次見到叔公。之後再也沒見過他。也就是說，那一晚是最後一次見到他，之後他便消失了。因為忽然失去下落。所以……

七年後，因為宣告失蹤，而認定死亡。叔公就這麼死了。之後有沒有舉辦他的喪禮，我不知道。也不知道他的墳墓在哪裡。

聲響從黑暗深處逐漸朝我靠近。

滴答、滴答……

微微聞到一股難聞的臭味。像是魚放久了發出的腥臭……

我全身雞皮疙瘩直冒。

我現在只想早點逃離這裡。也不知道為什麼，總之，我闖進了一處絕不該來的地方。

得快點逃才行。

得想辦法逃出這裡。

否則我……啊，可是……

我無法動彈。我只能呆立在一片黑暗中。

此刻我深切地感受到自己需要亮光。

不管多微弱的亮光都好。至少讓我能稍微看得見……

這時，彷彿老天爺聽到了我的心願般。

一道蒼白的微弱光芒，無聲地從我眼前橫越。

我不禁發出「啊」的一聲驚呼，朝那移動的亮光追去。

它緩緩閃爍，在黑暗中搖搖晃晃地飛行——這時我才發現，除了它之外，另外還有兩、三個……一共有四個。

「啊……」

伴隨著小小的驚訝，我同時曉悟。

「是螢火蟲。」

棲息在F＊＊飯店庭園裡的螢火蟲，和我一樣從那扇門闖進這裡……

四顆小小的亮光緩緩聚在一起，最後朝同一個方向飛去。就像對那個從黑暗深處逐漸靠近的某個東西感到排斥般。「喏，是這邊哦」，牠們就像在招手要我過去似的。

季節回到了秋初。今年的成蟲明明應該早都死光了……儘管心裡明白，但我還是將希望寄託在牠們（——螢火蟲的幽靈？）身上，緊緊跟著牠們走。

## 10

——我將這件事說給今天下午前來的秋守先生聽，他見我說得一本正經，面露擔憂之色望著我說道：

「嗯……您一直都睡眠不夠對吧。」

他這話的意思，應該是說我做了一場噩夢吧。

算了，會有這種反應也是理所當然。——雖然心裡這麼想，但我還是搖著頭應道「不，我當時是醒著的，而且意識也很清楚。當時那扇門的確……」。

我望向房間深處的那扇門。但今天早上我從床上醒來時，它已和之前一樣上了鎖，恢復原本牢牢緊閉的狀態。

「也許是您太拚了。寫稿當然也很重要，不過要是您累倒了，那之前的努力可就全泡湯了。」

秋守先生收下我交出的幾張原稿，放進公事包裡。

「一直關在房間裡，運動量不夠，這樣對身體也不好。您要好好用餐，要不要試著到飯店的泳池游泳，當作是轉換心情？」

嗚嗚，多溫柔的責編啊。——原本我深受感動，但當我聽到「飯店的泳池」這句話時，不知為何，猛然感到一陣心神不寧。

傳來一個滴答的聲響。甚至微微飄散出一陣魚放久了的腥臭味。拿著公事包站起身的秋守先生，在他柔和的笑臉中，唯獨那雙眼睛顯得有點迷濛混濁。——我是這麼覺得。

# 海鳴聲

## 1

在覆滿淡墨色烏雲的天空下，站著一名女子。

在這微暗的灰色調風景中，彷彿只有那個地方經過特別的影像處理般，站著一個鮮豔的深紅色人影。——是一位穿著紅色長大衣的女子。她深戴著大衣的連身帽，雖然面朝我這邊，但看不出五官。然而——

我曾在哪兒見過她嗎？

在看到她的瞬間，我有這種感覺。

那是一處四周什麼也沒有，就像位於斷崖上的場所。而且可能位於海邊吧。地面上滿是凹凸不平的黝黑岩石。也完全看不到灌木或雜草這類的植物，整體飄散著一股難以言喻的荒涼之感。

隆隆……

隆隆隆隆隆隆……

持續發出低沉的聲響。與其說這是浪潮聲，不如說是海鳴聲。對在內陸盆地出生長大的我來說，這是陌生的聲音，但還是隱隱有這種感覺。

捕捉女子身影的攝影機角度略微改變。接著畫面映出她面朝的左後方，不同於淡墨色天空的另一處遼闊的藍黑色空間。——果然是海。

女子深戴著連身帽，她的臉往左轉了將近四十五度。接著她原本插在大衣口袋裡的右手伸了出來。豎起食指，手臂伸向一旁。

她指向大海的方向。——看起來是這樣。

女子以這個姿勢維持了一會兒，一動也不動。捕捉她身影的攝影機也沒動。

隆隆……

隆隆隆隆隆……

海鳴依舊持續。

那卷影帶記錄了這樣的影像。

## 2

這是前天的事了。

妻子突然說她身體不舒服，緊急住院。住進平時我常去就診的深泥丘醫院。

去年秋天的閉關發揮了效果，我終於完成全新長篇小說，在年初時順利出版，好不容易能喘口氣的二月也來到了下旬——這事就發生在二月最後一個週末。

由於主要症狀是劇烈頭痛和想吐，所以妻子也慌了。我打電話給素有交誼的主治醫師石倉（一）醫生，說明了情況後，他命我們如果還能行動，就趕快到醫院來。醫生還說，如果症狀很嚴重，就叫救護車，但我詢問妻子後，她很堅持地說「我不要坐救護車」。雖然深感不安，但我還是火速開自己的車載她去醫院……以症狀來看，比較擔心的是腦出血相關的疾病，但幸好石倉（一）醫生是腦神經科的專科醫生。他馬上展開必要的檢查，結果——

「不需要擔心。」

還是老樣子沒變，左眼戴著茶綠色眼罩的醫生，以平靜的口吻告訴我。

「就電腦斷層來看，沒有蜘蛛膜下出血之類的異常現象。好像也沒發燒，所以應該不用擔心是腦膜炎。」

「是……」

我鬆了口氣，但天生就愛瞎操心的我，還是忍不住發問。

「光做電腦斷層檢查可以嗎？不用做核磁共振嗎？」

「手腳麻痺，或是舌頭動作不靈光，懷疑是腦中風時，做核磁共振有效，但以夫人的症狀來看，可以研判沒這方面的問題。」

「呃……那麼，有可能是腫瘤嗎？我聽說腦瘤會出現頭痛和想吐的症狀。」

「這方面也沒問題。因為腫瘤靠電腦斷層就檢查得出來。」

「哦……這樣啊。」

我再次鬆了口氣，醫生以沒戴眼罩的右眼注視著我。接著朝待在診間角落陪診的年輕護士瞄了一眼。

那位是我常看到的女護士，姓咲谷。

「我開了止痛劑和止吐劑給夫人，現在藥效發揮，她已經睡著了。」

醫生說。

「如果症狀沒改善的話，為了謹慎起見，還是住院觀察幾天吧。順便進行各項檢查，這樣也有益無害。」

「啊，好。說得也是。」

仔細想想，她和我不同，平時幾乎都不看醫生。明明和我同年……但她原本就健康遠勝於我。——雖然心裡這麼想，但就另一方面來說，她的個性也遠比我能忍。如果只是覺得有點不舒服，她不會說出來，也不想去醫院。這次就照醫生的建議，趁這機會療養，順便仔細檢查一下身體狀況，這樣應該也不錯。

然而——

我們夫妻倆沒有孩子，所以妻子住院，是從我們結婚以來第一次經歷這樣的狀況。我有點緊張，很客氣地向醫生鞠躬說道：「那就有勞您了。」

「那就這麼辦了——」

醫生如此應道，站在他斜後方的護士面露微笑。這時我突然注意到她左手腕裹著厚厚的繃帶。

## 3

喵～貓叫了一聲。

妻子住院這天的深夜。我獨自在一樓客廳，懷著陰鬱的心情觀看荷蘭拍攝的Z級恐怖電影《人體蜈蚣》（湯姆．希斯導演／二〇〇九年）的ＤＶＤ。

喵、喵喵……貓連叫了好幾聲。是我養的那兩隻貓當中的一隻，不久，另一隻也同樣開始叫了起來。

一開始我只是「嗯、嗯」，很敷衍地回應。

剛剛才餵過牠們。當時也清理了貓砂。也用貓用狗尾草之類的玩具陪牠們玩了一會兒。但牠們還是一直叫個不停。

想必是平時照顧牠們的妻子不在，牠們不開心吧。也可以看作是牠們覺得寂寞。

要是加以理會，可就沒完沒了了，而且我很在意電影劇情會怎麼發展……於是我決定暫時不理會牠們。——然而，才過了短短幾分鐘，我便收回剛才的決定。

「來了、來了」，我以輕柔的聲音回應，按下ＤＶＤ的暫停鍵，從沙發上站起身。

貓兒們一直喵喵叫，離開了客廳。牠們並非前往餐盤和貓砂所在的「貓屋」，而是快步走在走廊上。我跟著這兩隻貓來到走廊，牠們多次停下動作，轉頭看我。

最後牠們抵達的地方，是位於家中最深處的房間前面。兩隻貓就這樣坐下，仰望那扇緊閉的深褐色房門。我跟上牠們後，牠們來回望著我和房門，又各自叫了一聲「喵」。

「想進去這裡嗎？」

這是除了偶爾客人來訪之外，幾乎都不會使用的一間和室。約八張榻榻米大，裡頭的家具應該只有和室桌和坐椅。

「這裡頭沒人哦。」

我向貓咪們說道。

「又沒有客人來。而且媽媽現在住院，暫時不會回來。」

我說這番話，牠們當然聽不懂。

喵、喵……貓咪們仍叫個不停。牠們拉長身子，前腳搭在門上，豎起爪子不斷搔抓。這是在強烈向我表達「讓我進去」。

「裡頭真的沒人啦。」

我拗不過牠們，只好打開門。

兩隻貓很滿意地「喵」了一聲，衝進房內。我也跟在牠們身後，穿過那扇門，打開電燈。

上次走進這間和室，是多久以前的事呢？

我很在意貓兒們的舉動，同時突然產生這個想法。點亮燈後，室內的模樣與我記憶中的這個房間一致。但同時也隱約覺得有哪裡不太一樣，這也是事實。

在紅叡山山腳蓋了這棟房子，移居此處後，前後已八年多。但現在重新細想才發現，沒錯，我平日生活中會用到的區域，在這棟空間寬敞的房子裡只占了一小部分。只有二樓的書房周邊與我的寢室。一樓的客廳和餐廳。設在地下室的書庫。再來就只有洗手間、廁所、浴室了。

書房周邊以外的地區，整理和打掃全是交由妻子負責，所以我很少走進這間當客房使用的和室房。客廳和餐廳另當別論，其他一樓的房間也都是這樣。

所以才會有這種感覺是吧。

睽違許久踏進這間和室房，那種不一樣的感覺，就像闖進別人家中一間陌生的房間一樣，感覺很不自在……

喵，貓兒叫了一聲。

我在進門後右手邊深處的壁龕那裡，看到了牠們。那是原本就空無一物——連一只花瓶也沒擺放，徒具形式的壁龕。兩隻貓就像擺飾般，並肩坐在那裡。

「你們在那個地方做什麼啊？」

我如此詢問，朝牠們走近，牠們顯得很浮躁，開始在地板上來回走動，邊走邊喵喵叫。

發出和剛才一樣的叫聲，就像要告訴我什麼似的。然而——

「這裡沒人哦，沒騙你們吧。」

我雖然隱隱覺得不對勁，但還是只能這樣回應。

「好了好了，這樣你們總滿意了吧。這裡很冷，快回原來的地方去吧。」

隔天下午，我到醫院去看妻子，但我沒特地告訴她這天晚上發生的事。因為我覺得沒這個必要。

然而——

## 4

穿紅色大衣的女子依舊維持著指向大海的姿勢，一動也不動，捕捉她身影的攝影機也沒動。

隆隆……

隆隆隆隆隆……

只有海鳴依舊持續。

## 5

妻子住院第二天，這天晚上又發生同樣的事。

一到深夜，貓兒們又開始不停地喵喵叫，跟著牠們走，結果又來到那間和室，讓牠們進入後，牠們一會兒爬上壁龕坐，一會兒四處走動……這次甚至還兩隻一起靜靜地抬頭仰望完全沒掛掛軸的深處牆壁。

怎麼回事？

我不禁感到狐疑。

怎麼回事？

我視線緩緩環視房內。面向庭院的紙窗緊閉。由於裡頭沒暖氣，所以特別冷。在這樣的寒氣中，一度萌生的狐疑很容易就膨脹成充滿妄想的猜疑……

難道……

難道這裡有什麼東西？貓兒們看得到，但我看不到的某個不存在的東西。

……怎麼可能？

雖然覺得不可能，但我隔天去醫院時，我試著告訴妻子這件事。結果——

「我覺得你大可不必在意。」

妻子從病床上坐起身，略微偏著頭，顯得悶悶不樂。
「那麼，在和室可有發現什麼奇怪的東西嗎？」
「不，沒有。」
「那不是很好嗎。」
她的反應出奇地冷淡。
「不過，接連兩天都是一樣的情況……這也教人在意。」
「別在意、別在意。」
原本她的好奇心比我還重，對這類的話題應該會更感興趣才對。——可能是突然住院，接連做了各種檢查，顯得意志消沉吧。
「咲谷小姐。」
剛好那位護士來到病房，妻子向她喚道。
「您家也養貓吧？」
「啊，對。」
「貓不時會做出這種用意不明的行動對吧。」
「以我家的貓來說，與其說『不時』，不如說是『時常』。貓就是這樣的生物。」
「就是這樣的生物對吧，果然沒錯。」
我在一旁插話道。護士淺淺一笑，朝我點了點頭，接著補上一句：「不過——」

「應該說，貓偶爾會感覺到我們人類感覺不出的東西……這應該也是可以確定的事。」
「哦，您這麼認為嗎？」
「是的。」
護士再次淺淺一笑，右手輕撫著纏在左手腕上的繃帶。
「不過，不管再怎麼看，我們終究還是感覺不出來。就像夫人說的，不去在意它，應該是最好的辦法吧。」

## 6

隆隆……
隆隆隆隆隆……
海鳴仍持續未停。
身穿紅色大衣的女子一樣一動也不動地指著大海的方向。而捕捉到她身影的攝影機，同樣也靜止不動。——然而，從畫面的左手邊——亦即大海的方向，突然一陣強風橫向吹來。女子的身體在強風的吹襲下一陣搖晃，踉蹌地往右側走了一、二步。攝影機靜靜地跟上女子的動作。——就在這時。
女子原本深戴的連身帽，在強風吹拂下，從她頭上脫落。我就此看到女子整個顯現的臉龐。

「啊！」

我不禁發出一聲驚呼。

這張臉……我認得。

就像我一開始感覺到的一樣，她是個「曾在哪兒見過」的人物。這名女子——不就是深泥丘醫院的護士咲谷嗎？

隆隆……

隆隆隆隆隆……

海鳴仍持續著。

從剛才起，海鳴聲變得愈來愈大聲。——我甚至有這種感覺。

## 7

而第三天晚上。——也就是今晚。

貓兒們三度前往那間和室。我讓牠們進去後，牠們和之前一樣，在壁龕處徘徊一陣子後，抬頭仰望深處的牆壁，持續地喵喵叫。

「別在意，別在意」，儘管我一再試著這樣告訴自己，但好奇的事，還是忍不住會好奇。

我覺得很好奇，忍不住思索起這件事來。
牠們到底在這裡做什麼？
接著，這個疑問很輕易就有了答案。
牠們果然是在這個房間裡感覺到什麼。人類感覺不到的某個東西。從前天晚上開始，就用這種方式想讓我知道。——沒錯，一定是這樣。
雖然場面完全不同，但我忍不住想起愛倫．坡的名作《黑貓》，就此走近貓兒們所在的壁龕。緩緩伸手摸向牠們仰望的深處牆壁。
我右掌抵向貼有藍色壁紙的牆壁，微微施力。光是這樣，我便馬上在心裡暗呼一聲「嗯？」
這是怎麼回事？
手中傳來的觸感……
比起從「人類感覺不到」的這句話所得到的印象，有個更為真實，但從另一個含意來看也非常難以理解的答案，就在這裡。
這並非只是個單純的「牆壁」。
這是……
我和貓兒們一樣爬上壁龕的層板上，這次改為雙手抵向牆壁，微微使勁。
就在試著朝幾個不同的方向施力時，就此意外得到了答案。

我微微使勁往右推。

接著發出低沉的一聲「卡啦」，一部分牆壁就此移往一旁。——這並非只是個單純的「牆壁」。這是一扇「門」。中央深處的部分，成了可以往右滑動的拉門。簡單來說，這壁龕的牆壁有個「暗門」機關。

「嗯……」

一聲分不清是低吼還是呻吟的聲音，從我口中逸洩而出。

這個謎題的答案就此解開固然不錯，但我當然也得同時面對一個更深的謎題。為什麼這種地方會有個這樣的東西？到底是什麼時候開始有的……

這裡明明是我的住處。

明明是我八年前開始入住的住家。

但過去我卻完全不知道這個和室裡有這麼一扇暗門。啊，真是的，為什麼會有這種事……

然而，試著回想後發現，當初在蓋這棟房子時，具體的各個事項幾乎都是交由妻子一手包辦。因為我那時候被一個很頭痛的長篇連載的截稿日追著跑，搞得我形疲神困，精神陷入低潮……

就算妻子瞞著我打造這樣的機關，也不是不可能的事。

——不過。

有這扇暗門，就表示對面有對應的空間，也就是有一個「隱藏房間」的存在。

我在這裡住了八年，竟然一直都沒注意到它的存在？再怎麼說，這都太誇張了……

我在自己的憶海中探尋。

一樓的和室……它的隔壁是什麼？話說回來，這棟房子整體是怎樣的結構，有怎樣的隔間？

我急了起來，想在心中加以想像，但想不出來。重要的部分非但顯得泛黑又模糊，要是稍有走神，甚至連整體的輪廓都會漸漸變得不明確。

啊～真是的，怎麼會這樣……

我微感暈眩，一腳踩進那扇打開的暗門後面。我在牆上探尋，找到電燈開關，打開了燈。

一個狹窄、空無一物的房間。

頂多只有三張榻榻米大，連個櫃子也沒有。當真是空無一物，就像一個空蕩蕩的置物間……不過這個念頭只在我腦中短暫的停留。

不，並非什麼都沒有。

我發現了。

那個東西是什麼？在房間深處的地板上，有個方形的洞……

洞裡有個樓梯，一路往地下延伸的樓梯。

不同於我用來當書庫的地下室，這棟房子竟然還有另一個我完全不知道的地下空間？

這也是妻子瞞著沒讓我知道，自己私自建造的嗎？

一陣比剛才更強烈的暈眩朝我襲來，我雙手撐向額頭。搖晃。

## 8

之後有一段時間，我的記憶一片混亂。

只記得我在困惑不解的情況下，自己沿著那個通往地下的樓梯往下走。但對於我接下來的行動，不知為何，只能想起一些片段……

……樓梯底下是一處意外寬敞的空間。

乍看之下，感覺比一樓的客廳還大——我是這麼覺得。即使開了燈，亮光還是無法遍及每個角落，無法掌握全貌。乍看之下，也不確定打造這個房間是要用來做什麼……這時，我的視野就此轉暗（不是實際變暗，而是「記憶中斷」的意思）。

房內某個角落，有就像在聚光燈的照耀下浮現眼前的場所。猛然回神，發現我已佇立在那裡。

有個看起來已年代久遠的木桌和旋轉椅。桌子旁有個同樣相當老舊的木製書架……畫面短暫轉暗。

我站在書架前。

書架上擺了許多書，但不知為何，每本書都套上黑色書套，不知道書名。擺在書架上的不光只有書。還有許多筆記本和卷夾……畫面再次短暫地轉暗。

我蹲下身，望向從書架底下數上來的第二層。

那一層擺了一整排Ａ４大小的文件收納盒（像扁平盒子般的紙質類型）。有紅、綠、黃三色，種類多樣。

細看後發現，每個盒子背面寫有像是標題的小字。因為光線昏暗，難以辨識，但那個黃底黑字的盒子，我勉強看得出幾個字……

**超車**

**影男**

**曾一起眺望**

**紅衣女人**

**哪來的孩子**

**空頻道**

**密閉**

**繼續玩吧**

……………

……………

……啊，這是什麼啊？全是一些詭異的文字……

瞬間轉暗。

**貓眼島**

我又看懂了一個標題。與其他的不同，這是個專有名詞。說到貓眼島，是我妻子的故鄉，實際位於南九州的一個小島。

我猶豫了一會兒後，從書架上取出那個文件盒。這時——

搖晃。

一陣強烈的暈眩向我襲來。——我是這麼覺得。

我將文件盒緊摟在胸前，當場癱倒在地……轉入漫長的黑暗中。

## 9

貓叫了一聲喵。

我因這個聲音而醒來。此時我不是在那來路不明的「祕密地下室」，而是在看慣的一樓客廳。人就躺在沙發上。貓兒們在我腳邊納悶地望著我。

……是夢嗎？

我一時產生這樣的懷疑，但並非如此。絕對不是。

我雖然失去意識，卻仍抱在胸前的東西，就是證據。寫著「貓眼島」標題的黃色文件盒。

我從書架上一抽出它，便一陣強烈的暈眩襲來，視野就此轉暗……之後我是自己回到這裡，在沙發上再度昏厥嗎？記憶一片模糊……但可能就是這樣吧。不然也想不出其他可能了。

我反覆做著深呼吸，讓自己充分靜下心來……接著我惴惴不安地打開那個盒子。

裡頭裝的不是文件，而是一個比菸盒還小上一圈的迷你ＤＶ帶。就只有這樣。這是以前有一段時期，作為家用影片記錄媒體，相當普及的規格。

卡帶上貼著標籤。與文件盒的標題一樣，這裡也寫著「貓眼島」。那是妻子熟悉的筆跡。

我想確認卡帶的內容。雖然沒先知會卡帶的主人一聲，但這時候這麼做也是無可奈何。

我在電視櫃的抽屜裡翻找，找到規格符合的一臺舊攝影機。

我接上電視，放入卡帶。播放沒問題。

——就這樣，我開始播放，換句話說，這就是我此刻正在看的影片。

# 10

從標題來看，這應該是實際在貓眼島拍攝的影片吧。攝影的對象應該是妻子。也許當時就是用現在播放的這臺攝影機拍攝。可是——

出現在影片裡的女子，竟然是深泥丘醫院的那位護士。

根據我近年來變得愈來愈模糊，不太可靠的記憶，她與妻子應該是先前在醫院舉辦「奇術之夜」那天第一次見面。那是幾年前的事呢？好像是「六山」送火那年的秋天……大概是五年前吧。——如果認真思考的話，這應該是在那之後才拍攝的影片。

這段時間裡，妻子有幾次回過貓眼島上的娘家。但我沒聽說她在島上遇見她和我都認識的這位護士。不過，這始終都是根據我這不太可靠的記憶所得到的推測。——仔細想想，當初知道護士姓「咲谷」時，我就覺得有點在意。因為這個姓氏在貓眼島上很普遍，但就全國來說卻相當罕見。……因此，咲谷可能也是那座島上的人。記得聽她說過，她在高中時代之前一直都住在東京，但也許她是在貓眼島上出生。就算不是在島上出生，父母也可能是島上的人。——這麼說來，她和妻子在島上相遇，可以看作是純屬偶然。或者情況正好相反，在「奇術之夜」當天第一次見面是騙人的，其實她們兩人更早之前就認識了……

啊～真是的，一旦開始這樣懷疑就沒完沒了。不過——

我沒搞懂的是這個影片的含意。

上面沒顯示攝影日期，地點好像是貓眼島海邊一處懸崖上的場所，季節是冬天。護士一直指著大海。持續傳來海鳴聲……

這究竟有什麼含意？

是什麼時候，為了什麼目的拍下這樣的影片，還刻意放進文件盒，存放在這樣的地下室裡？

儘管大衣的連身帽因強風而脫落，影片還是同樣持續。

隆隆……

隆隆隆隆……

海鳴聲也同樣持續。

聲響愈來愈大聲。——我是這樣覺得。

不知為何，隱隱有種不安的預感，令我感到畏懼，我持續看著那感覺不會結束的影片。因為冬天乾燥的緣故，我嘴角乾裂，隱隱作疼。伸舌舔了一下，嘗到些許血的味道。

隆隆……

隆隆隆隆……

這時，突然有某個人的聲音混雜在海鳴聲中響起。

聲音不是來自被拍攝的護士，也不是負責拍攝的妻子（我認為是我妻子的某個人物）。

聲音明顯不是女性，而是男性。

「YUI！」

男子大喊。

「YUI！」

護士似乎嚇了一跳，轉頭望向畫面右手邊——與大海相反的方向。攝影機也像要跟上她的動作般，大動作轉向右邊……

「YUI！」

鏡頭捕捉到邊喊邊跑來的男子身影。

是一名身穿黑色羽絨衣，中等身材的男子。拍攝者在近距離下發出「啊」的一聲驚呼，同時將鏡頭拉近，朝男子臉上對焦。

啊，這是……

我緊盯著畫面。

這是。

這張臉……

……是我？那是我的臉嗎？啊，沒錯，確實是我。

這是我，是我的臉。——就在我認出自己的瞬間。

我的「眼睛」就此與影片中的我對調。接著，我的眼睛捕捉到站在海邊懸崖上的兩名女子。

穿紅大衣的女子（她是護士咲谷……），以及手持攝影機，身穿白大衣的女子（果然是我妻子）。

「YUI！」

我再度叫喊。「YUI」是「由伊」……當然，這是她的名字。

「由伊！」

就在這兩個女人身後遙遠的地方，一部分深藍色的大海高高地隆起。

隆隆……

隆隆隆隆……

隆隆隆隆隆隆隆隆……

響起激烈的海鳴聲。不，這不是普通的海鳴。這聲音……啊，該不會！

嘰！

突然一陣尖銳的鳴叫破空而來。劃破淡墨色的烏雲，出現一隻展開漆黑雙翅的巨鳥。

嘰咿咿咿！

聽到那聲鳴叫，我轉為巨鳥的「眼睛」。

巨鳥朝那深藍色的隆起急速俯衝，以驚人之勢衝進海中。巨鳥衝向冰冷的水底，化身成怪魚、冷酷的螃蟹、狡猾的海蛇、兇猛的鯨魚……最後變身成這些動物融合而成，模樣怪異的巨大合體獸，浮向海面上。接著——

牠發出奇特的咆吼聲，朝這座島直衝而來。

將害怕得呆立在崖上的我和她們兩人，連同整座島一起吞噬。

# 夜泳

## 1

滴答……傳來聲響。——我是這麼覺得。

滴答……滴答

滴答……滴答

這是——

到底是什麼？

水滴聲嗎？或者是某個溼透的東西在行走？

我屏息環視四周。

是深夜的泳池，還差三十分鐘就午夜零時。

這是備有四個二十五公尺水道的室內游泳池。——不過，不論是泳池裡，還是泳池畔，就目前所見，一個人也沒有。現場只有我一個人。

天花板中央——正好相當於泳池正上方的位置，設有電動開關式的大天窗。在這個十一月已即將接近尾聲的季節，而且是深夜時分，窗戶當然都是緊閉的，玻璃窗外一片漆黑……微微映照出下方的泳池水面。

是我想多了——其實也不是多嚴重的問題，到非得這樣告訴自己不可。

就是這麼寬敞的一處空間，因為某個原因，而發出這樣的聲響，也不是什麼多不可思議的現象。例如某個地方結露的水滴掉落之類的。

我稍微做了些暖身運動，戴上泳帽、蛙鏡、耳塞。

我緩緩走進空無一人的泳池。

水溫當然是溫的，但溫度略低，感覺很冷。於是我持續在水中步行了一會兒，身體慢慢習慣水溫。

深夜的泳池裡，就我一個人。

如果換個角度來看，眼前的情況透著詭異，令人感到不安，就像恐怖電影的某個傳統場面般，但如果採一般的想法來看，實在是人在福中不知福。難得有這個機會，眼下就該好好放鬆享受一下才對。

我中途整個人往後仰身，仰望頭頂上的天窗。我隱約可以看到自己映照在玻璃上的影子，就像浮現在黑暗中一般。

|

那是在人稱古都的這座小鎮上，以擁有一百二十多年歷史自豪的老字號高級飯店——Q＊＊飯店。飯店四樓最深處，有個充滿神祕風情的健身中心「Amphibian」的會員專屬游泳

池，這就是某天晚上在那裡發生的事。

## 2

此事發生的契機，是去年秋初我為了寫全新長篇小說，而在東京某飯店閉關寫作。結果長達二週以上的閉關生活，到了後半，我除了精神上累積的壓力外，又陷入運動量嚴重不足的窘境，於是在責編秋守先生的建議下，我決定試著每天到飯店的泳池游泳。

結果就各個層面來看，獲得了超乎預期的功效。

我壓力減輕了些許，身體狀況也改善許多，而且當時原本有復胖傾向的體重，也在閉關結束時減少許多。感覺全身肌肉變得比較緊實，通體舒暢……

我心想，這樣或許也不錯。

我已年過五旬，平時常會對健康感到不安。

為了消除慢性的運動量不足，我在住處都力行散步，但近年來「跑步」好像蔚為流行，於是我心想，我也跟著跑步可能會比較好，不時會被這種強迫觀念所束縛。不過，仔細想想，我從小就討厭「跑步」，也不擅長。反而是「游泳」，我從小就比較喜歡，也比較擅長。

既然這樣——

為了消除壓力和運動量不足，比起散步，甚至是「跑步」，「游泳」應該最適合我吧。

雖然有點晚，但我終究還是想到了這點。
從去年年底，我便開始找尋家附近是否有適合的泳池。
就費用來說，最便宜的就屬市立游泳池了，但它離我目前的住處很遠，而且是只有夏季才營業的戶外游泳池，所以不考慮。而已經開業十年的體育活動中心「R」，就在走得到的範圍內，所以我一度也考慮入會，然而——
「『R』好像不太好呢。」
妻子這樣對我說。
「當初剛成立時，風評就不太好。聽說最近更是完全淪為附近的大嬸們聚在一起道人長短的場所，感覺很不舒服。」
她說這是從住對面的森月太太那裡聽來的消息。
大嬸們聚在一起道人長短的場所……是吧。嗯，這樣確實會覺得不舒服，而且好像很麻煩，去了反而徒增壓力。而且泳池內好像也常會擠滿人。
避而遠之應該才是聰明的選擇吧。
那麼，該怎麼選才好呢？
正當我苦思不得其解時——
「Q＊＊飯店的泳池您覺得如何？」
指引我一盞明燈的，是在深泥丘醫院長期對我多所關照的主治醫師石倉（一）醫生。

那是今年初春的事。

「雖然會費比較貴一點，但相對的，聽說它的服務和客層都不錯。像暑假這類的旺季，房客和外來遊客增加，勢必會比較擁擠，但平時通常都沒什麼人，相當舒服。」

醫生始終都是當傳聞在向我陳述。

「很不巧，我不會游泳，就算有人邀我一起去，我也都意興闌珊……不過我有幾位朋友是那裡的會員。而且我和飯店經理還算熟，所以您要是有意願，我可以幫您介紹。」

說到Q＊＊飯店，就蓋在離永安神宮和池崎公園不遠的高地上。從我家走路去也不算遠，要是開車頂多十幾分鐘就能到達。

這裡從早上六點到晚上十一點都可使用，這點就生活時間向來都不規律的我來說，是再好不過的事了。

就這樣——

我在四月中旬造訪那家飯店，提出入會申請，可能是因為有石倉醫生居中介紹，我的入會審查也很順利地通過了，就此很慶幸地在當地保有一處游泳的場所。

## 3

我一個人獨占高級飯店的游泳池，在裡頭游泳。

在這裡游泳果然暢快無比。之前閉關時，我在飯店泳池裡也體驗過幾次相同的情況，得以在平民的日常生活中，沉浸在這得之不易的解放感中。

首先是以蛙式在水道上來回游五趟。這二百五十公尺的距離，我盡可能以輕鬆的步調完成。

我一面游，一面放鬆地回想促成我今晚在這裡游泳的整個經過。

首先是……沒錯，就是我第一次知道這家飯店的四樓最深處有這麼一座泳池……

## 4

五月初時寄來會員證，從那之後，我一週平均都會去游二、三次。

泳池位於飯店二樓，從大廳搭手扶梯上樓後一看就知道在哪裡，如同我前面所說，營業時間是從上午六點到晚上十一點。同時也一併設有簡易的健身房，裡頭有跑步機等器材，這些設備統稱是這家飯店的「健身中心」。

泳池果真如石倉醫生所說，尤其是在平日，不管哪個時間去都沒什麼人，可以悠哉地游泳。就算是週末或連假，只要看準一早或深夜前往，也不會多擁擠，我馬上便曉得要這樣安排。

在邁入夏天前，我和幾位工作人員混熟，也開始會和在泳池裡遇見的幾位會員打招呼。

雖說是「游泳」，但以我的情況來說，要我持續游好幾公里的長泳，我根本沒這樣的體力和毅力，儘管如此，這對改善我平時運動量不足的問題，仍有相當程度的助益。拜此之賜，我今年夏天的身體狀況相當好，在近幾年來算是相當罕見，也幾乎不受突發性的暈眩所苦，上醫院的次數也明顯減少。也實際感受到睡眠品質有明顯的改善，與以前相比，也更能專注在工作上。——我是這麼覺得。

夏天就這樣過去，在秋意漸濃的某天。

當時我已游了一段時間，就此放鬆地躺在泳池畔的按摩池裡舒展身體。之後有兩名客人也走進按摩池裡，我不經意地聽到他們的對話。他們都不是陌生的客人（＝房客），而是曾經看過的男性會員。

「其實前幾天，四樓的健身中心邀我加入。」

「哦，這可罕見呢。——你的決定呢？」

「這個嘛……」

「聽說他們很少會主動邀人加入呢。」

「對，所以我才在想，不妨先試試入會體驗吧。那裡好像是採完全會員制，設備和服務都比這邊還充實。」

「不管是永久會員資格，還是一年的會費，聽說都不是普通的貴呢。」

「這方面我還沒聽過詳細的說明。」

「另一方面，也有傳聞說，不管再有錢，也不見得能加入呢。他們到底是以什麼標準來挑選會員呢？」

「不清楚耶……」

這兩人當中，那名受到「邀約」的男性，看起來比我年長幾歲。雖然已是童山濯濯，但身材修長，肌肉結實，看起來相當健康。

不過——

我瞄了他一眼，看到他那雙睜得好大的圓眼。感覺有點怪……總覺得他心不在焉，兩眼迷濛。——我是這麼覺得。

## 5

我從蛙式改為自由式，繼續游泳。最近我還是一樣盡可能保持緩慢的步調。

雖然我說自己喜歡游泳，也很擅長，但因為長年來運動量不足，再加上不重養生，影響了健康，基礎體能明顯下滑許多。要是一開始就全力游泳，要不了多久就會累得上氣不接下氣。

我在水道上來回游了幾趟後，暫時停下來休息。我抓住泳池外緣，調整呼吸。

嗯，像這樣獨占整個泳池的空間游泳，真的很暢快。再加上四樓的這座游泳池——

「Amphibian」的這處空間原本就很特別，充滿一股與眾不同的感覺，例如泳池畔鋪設的磁磚質感、照明的色澤、水的氣味和膚觸……這一切都感覺得出和一般的不一樣。二樓的泳池也不差，但既然能獲得入會認可，就算得多花點錢，還是這邊比較好……就在我如此思忖時。

滴答……傳來這個聲響。——我是這麼覺得。

滴答……滴答……

和剛才一樣的水滴聲。我因為戴了游泳用的耳塞，聲音聽起來比剛才更細微，但還是聽到了。

滴答……滴答答……

我靠在泳池畔，試著緩緩環視四周。但還是和剛才一樣，沒看到任何人影。

就在我這麼認定的剎那。

某處傳來一陣隆隆的沉重聲響，緊接著——

乒瑯！

宛如整個世界破裂般的巨響，緊接著傳來。突然一陣震撼的打雷聲。

我縮起身子，馬上仰望頭頂。這時——

原本天花板和牆面上的照明燈，一次全部熄滅，同時我的視野完全被黑暗覆蓋。

## 6

「四樓的健身中心」是什麼？除了二樓的泳池和健身房外，難道這家飯店還有更高檔的健身中心嗎？

雖然很好奇，但我總不好意思當場介入他們兩人的對話，於是我在離去時，若無其事地向櫃臺的工作人員詢問。結果對方臉上短暫地浮現為難之色。

——我是這麼覺得。

「嗯。這個嘛……」

這是他當時給我的回答。

「我聽說是採完全會員制，但二樓的這裡也是會員制吧。有什麼差異呢？」

「是……那邊的設施，住宿的房客無法使用。」

「哦，原來如此。」

說到這裡，我停止提問。因為從對方的表情和口吻已清楚看出對方的心思——我現在不想在這裡談這件事。

簡單來說——我自行想像。

那是個不想讓太多人知道，「謝絕陌生客人」的特性非常明顯的一處場所。我深深覺得，在這樣的老市鎮，擁有悠久歷史的老字號飯店，很可能會有這種情形。做了一番想像後，大致明白眼前的情況，但還是免不了感到好奇，此乃人之常情。

到底是在四樓的哪裡呢？是何種氣氛的格局呢？會員資格和一年的會費都「不是普通的貴」，不知道到底開價多少？「會員的挑選標準」不知道又是什麼……

各種疑問和好奇交織，不斷膨脹，難以壓抑，而就在幾天後——也就是今晚，我以「基於作家的興趣使然」這句方便好用的話當擋箭牌，到飯店的四樓展開探索。當時我和平時一樣，已在二樓的泳池游過泳。

在漫長的歲月中，Q＊＊飯店反覆經過多次增建改建，館內相當寬敞，而且像迷宮一樣複雜。

雖然我試著搭中央電梯上了四樓，但找不到標示目的地所在場所的樓層導覽板。就算在走廊上發現樓層的全體圖，但我要找的「健身中心」卻完全沒有記載。——所以我只能胡亂地走在到處都有岔路和緩坡的走廊上。

四樓基本上整層都是客房，但也有一個區域，整排都是標示「會議室」的房間。在長長的走廊半途上，一處像死胡同般的袖廊深處，我發現有一扇門貼了一面像門牌的牌子，上面寫有某個人的名字。有房客住在這裡嗎——聽說像這種飯店不時會有這類的案例，但這還是我第一次親眼目睹，覺得很不可思議。

這裡真的有那樣的「健身中心」嗎？

我一直在走廊上徘徊，心中的猜疑和不安不斷擴大，這時，我遇上一位飯店的員工。

於是我拿定主意，試著開口向他詢問。

「您是會員嗎？」

當我詢問四樓的健身中心在哪兒時，這位年輕的男性員工如此向我反問。

「啊，是的。」

我覺得這時候要是回答「不是」，他肯定不會告訴我，於是我馬上扯了個謊。

「沒錯，因為我剛入會，所以迷路了。」

「這樣啊。」

那名員工對我的說法不疑有他，如此回應。

「如果還不習慣，難免會迷路。」

從這條走廊往回走，回到一開始的岔路處右轉後直直走，然後這樣走、那樣走、這樣轉彎……他告訴我的路線，光聽一次根本很難全部記住。我勉強照著他的指示走，最後終於抵達——那裡堪稱是這座廣大的飯店「最深處」。如果下次還有機會走的話，我想必又會迷路。

走廊的盡頭處有兩扇黑色的大門，一旁貼有標示。小小的金色名牌上刻有「Amphibian」這行字，此外再也沒其他文字。不過——

*Amphibian*

同一個名牌底下，有別於文字，另外刻有像是蜥蜴這類生物的簡單線條畫。——這是什麼？是這個健身中心的象徵標誌嗎？

像是健身中心名稱的「Amphibian」這個單字，記得在英語中是「兩棲類」的意思。如果是這樣的話，這個線條畫或許畫的不是蜥蜴這種爬蟲類，而是兩棲類，例如蠑螈或山椒魚。

大門緊閉。

現在的時間已過晚上十點半。如果和二樓一樣的話，現在應該還在營業中。我心裡這麼想，緩緩伸手握住門把。

好像沒上鎖。我微微使勁，沒想到門很輕鬆地就往另一側打開了……

「打擾了。」

我出聲喚道。

前來迎接我的，是一位身穿墨綠色西裝，五十多歲年紀的男性。他的個頭就像在《鬼追人（Phantasm）》（唐・柯斯卡萊利導演／一九七九年）中登場的「高人（Tall Man）」一樣高，感覺長得也很像。

這位高人先生略微彎腰打量中等身材的我，偏著頭露出納悶的表情，向我問道：

「請問有什麼事嗎？」

「啊……不，我是……」

他面無表情地俯視結結巴巴的我，開口說道：

「您不是會員吧。」

「啊……是的。」

我完全被他的氣勢所壓制。

「不……我是二樓游泳池的會員，我聽說四樓也有健身中心，所以才……」

我坦白地說明緣由。但高人先生不帶半點笑意地回了一句「這樣啊」。

「很抱歉，這裡只有健身中心的會員才能進入。」

「就算我想入會，也不行嗎？我聽說會費很昂貴，但還是希望能報個價給我參考……」

「會費的問題是其次。我們健身中心的入會需要審查。」

「哦——」

「就某個層面來說，需要非常嚴格的審查。」

「要如何申請？」

「不，我方會看準適當的時機主動聯絡。」

雖然他談吐相當客氣，但對應態度卻很冷淡。高人先生邁開大步，朝我逼近。

「那麼，您請回吧。」

——就在這時，不同於眼前這名大漢的另一個人物，緩緩地現身。

「哦。這位不是……」

這位人物的聲音，感覺似曾聽過。不光是聲音，這位人物的臉，也覺得似曾見過。而且——

我明明還沒報上姓名，他卻能正確地叫喚我的名字。

「歡迎啊。」

他恭敬地朝我行了一禮。

「我就知道您早晚會來這裡。」

這名新出現的男子，和高人先生一樣，穿著一件墨綠色的西裝，但那張臉——

與前後關照我大約有八年之久的深泥丘醫院的石倉醫生長得一模一樣。不光是長相。還有年紀、體格，一切都如出一轍。可是——

唯一一點和石倉醫生不一樣的，是他的眼罩。

如果是用茶綠色的眼罩遮住左眼，那就是腦神經科的石倉（一）醫生，如果遮的是右眼，那就是消化內科的石倉（二）醫生——但這名男性沒戴眼罩。如果是另一位牙科的石倉（三）醫生，他也沒戴眼罩，不過他戴著茶綠色的方框眼鏡，但此人沒戴眼鏡。

取而代之的是——

我望向他的眼睛，大吃一驚。

他的眼珠左右都不是黑色，而是茶綠色。也就是說，他配戴茶綠色的隱形眼鏡？原來是這麼回事。

「我已經從深泥丘醫院的石倉醫生那裡聽說了。也知道您用不同於本名的筆名寫小說。」

茶綠色眼瞳的男子說。

「我心想，既然您早晚都會對我們的健身中心感興趣，那我一定要親自為您介紹。」

「呃……您是不是也姓石倉呢？」

我對此非常好奇，所以試著向他詢問。結果他點頭應道：

「我也姓石倉。不過，我和深泥丘的醫生既非兄弟，也非親戚。常被人誤會就是了。」

「是。那麼，你們到底是……」

我腦袋一片混亂，他……（就姑且叫他石倉（四）吧）面露和善的笑容說道：

「好了，這問題不重要，請不必在意。」

一開始接待我的高人先生，這時已不見蹤影。

## 7

這是打雷造成的突然停電。

飯店可能備有緊急電源吧，我環視四周，發現有兩、三顆緊急照明燈發出微弱的綠光。拜此之賜，我免於落入完全的黑暗中，心裡微微鬆了口氣，然而——

深夜獨自在泳池裡游泳，卻突然遇上這種事。感覺愈來愈像恐怖電影裡會出現的傳統場面。

不過，再過不久就會復電吧。應該不至於太晚復電，而因為空調停止運作，出現室溫驟降，或是泳池水溫下降的情形。

我因為這樣的突發狀況而大吃一驚，這是事實，如果說氣氛詭異，眼下的狀況確實很詭異，但冷靜下來思考後，其實也沒什麼迫切的危險。舉例來說，如果因為停電，而造成飯店內火災的話，警報應該會響起，就算不是這樣，如果有什麼嚴重的危險，工作人員應該也會來通知我吧……

因為這不是一般能體驗到的事態，所以眼下乾脆就好好享受這個偶發事件吧。

——我以連自己都感到意外的從容態度拿定主意，再次開始游泳。

我先游自由式，游到一半改游仰式，在黑暗中隱約可以看見天窗。明明剛剛才打雷，但不知為何，夜空中沒有烏雲，還有淡淡的星光照進室內。好像沒下雨。

難道是突如其來的局部性天氣變化？

我又從仰式改回自由式，接著翻身往回游，改游蛙式……在黑暗中我又持續游了一會兒。

在這個過程中，我感覺填滿整個空間的黑暗粒子彷彿逐漸融入泳池的池水中……這種感覺緊緊束縛了我。粒子緊黏在我的皮膚上，從皮膚往體內滲透。不久，我的一切全被它侵蝕，最後就此與它同化。

停電始終沒恢復，我在黑暗中持續默默地游泳，腦中的胡思亂想停不下來，就在這時……

我持續游動的手和腳，變得無比沉重。就像泳池裡的水突然開始產生很強的黏性般。

我心裡覺得奇怪，停止游泳。然而——

腳構不到泳池底端。明明應該沒這麼深才對啊。

我急忙揮動手腳，想以立泳來維持身體的姿勢。就在這時。

有個黏滑的觸感碰觸我的右腳踝。

水中有個東西想抓住我的腳。——我是這麼覺得。

## 8

在「Amphibian」的負責人石倉（四）先生的安排下，他後來破例帶我進健身中心參觀。

甫一走進，映入眼中的是既豪華又寬敞的交誼廳，從那裡開始，男女區分成不同的空間，有更衣室、紓壓室、按摩室、附蒸氣室的大浴場……更往裡面走，還有各種設備完善的健身房，而不知為何，隔壁還有一間「讀書室」。這個房間的房門貼著一個金色的名牌，與健身中心入口旁的名牌一樣，上面刻著「Arkshem」這行字……

「這個『Arkshem』是什麼意思呢？」

我試著詢問，但石倉（四）先生就只是笑，避而不答。

「這間『讀書室』也兼當『藏書室』，裡頭收藏了很珍貴的文獻哦。」

他做了這樣的說明。

「話說回來，這間飯店以前是美國建築師H．韋斯特所設計的建築。過去當然進行過多次的增建和改建。——這裡保留了許多韋斯特先生捐贈的舊書。」

「哦。」

我一本正經地點頭，石倉（四）先生也很滿意地點了點頭。

「您如果有興趣的話，要看一下嗎？」

「啊，不了。雖然感興趣，但今晚……」

「哎呀，真是失禮了。您到這裡首要目的是泳池對吧。我已聽說了。」

「是的。可以這麼說。」

「先不管您今後是否會加入本健身中心，要不要現在就在這座泳池裡試游一下呢？」

「哦。這樣……真的可以嗎？」

「所幸今晚已沒其他客人。」

「可是已經過十一點了……」

「本健身中心營業到凌晨一點。所以就算現在游，還是有充裕的時間。泳池位在前面的最深處。——如何？」

「哦。既然您都這麼說了……」

就算今後透過石倉醫生牽線，他們同意我入會，我也很擔心自己是否有能力支付那「不是普通的貴」的會費。所以——

我似乎不該放掉這個機會。

我馬上做出這樣的判斷。

就這樣，我完全沒料到今晚會有這個機會獨自在「Amphibian」的泳池裡游泳……

## 6

我大為吃驚……不，這時候應該說是「遭受恐怖的衝擊」，我發出「嚇」的一聲驚呼。

剛才是怎麼回事？

有東西抓住我的腳。

剛才確實有個溼滑的東西一把抓住我的右腳踝……啊，可是那到底是什麼？

我雙腳亂蹬亂踢，想將那東西踢開。我差點陷入恐慌，但我極力忍了下來，重新調整泳姿，勉強游到了泳池畔……

驚恐不安地回頭望。

黑漆漆的寬廣水面。——因為一片昏暗，看不見水中的模樣，當然也看不出泳池底下是什麼情況。

這裡躲著什麼東西嗎？

除了我以外，還有某個東西躲在水中。

怎麼可能……

剛才那一定是我自己神經過敏。

是我自己想多了。或者是……對了，就算真的有某個東西碰到我的腳，那不過也只是有人不小心掉落水中的浴巾或泳帽這類的東西罷了……

雖然我這樣說服自己，但還是覺得陰森可怕，所以逃也似的爬出泳池。

停電仍舊持續。

我憑藉天窗射下的星光移動，拿起擺在泳池畔椅子上的浴袍披上。我取下泳帽、蛙鏡、耳塞，塞進浴袍的口袋裡，決定接下來靠著緊急照明燈，先到外面確認一下狀況。

「是我神經過敏，是我神經過敏」，我一再說服自己，但另一方面……

剛才在水中想抓我腳的某個東西，會不會現在正準備爬出水面外，朝我追過來？

此時，這種不合理的恐懼緊緊將我攫獲。

因為是初次到訪的場所，我完全不清楚位置關係，再加上停電造成一片漆黑。在一盞緊急照明燈下，有個像是門的東西，我二話不說，馬上往那兒走。就算不是我之前走進來的那扇門，應該也能前往這處健身中心內的某個地方。我心裡這麼想，就此展開行動。

門一下就推開了。我衝出門外。然而——

# 10

「咦？」

這次我發出這樣的聲音。

「這裡是……」

這裡——這個場所同樣也因為停電而一片漆黑。但我一來到這裡，便強烈感到不對勁。因為這處空間的樣子，明顯與石倉（四）先生剛才一路帶我走來的健身中心內的通道不一樣。

因停電而一片漆黑的情況還是一樣沒變。不過，裡頭深處有一大扇窗，從那裡射進微微的星光。

我提心吊膽地往前走，不對勁的感覺愈來愈強烈。

看來，這處空間不是健身中心內的通道或是大廳。好像是……沒錯，像是客房。

有個可輕鬆容納五、六個人坐的沙發組，窗戶前面有桌椅……而更往裡走——正面右手邊的角落有一扇門。

我慢慢走到那扇門前，將原本就已打開一道縫的那扇門推開，試著往內窺望。

裡頭擺了兩張床，怎麼看都像寢室。

我感到莫名其妙。

為什麼從泳池畔來到外面後，這裡會有這樣的客房？

桌上有一臺電話，是近年來已看不到的轉盤式電話。我望向貼在轉盤中央的標籤，看出上面所寫的數字。

【449】

本以為是這間客房的房號，然而……不對，等等，這是……

這不是曾在哪兒見過的一串數字嗎？關於時間地點，已深埋在我模糊化的記憶深處，想不起來，但是……啊，經這麼一提才發現，此刻的這個房間也是。

我曾經來過這裡嗎？

一種似曾見過的感覺湧現。

我曾經來過這個房間，可是……

到底是什麼時候？

在怎樣的機會下？

當我大感困惑時，某個古老的記憶緩緩浮現。

Q＊＊飯店的這間客房。這個兩間相連的套房裡，在很久以前——當我還是個十歲左右的小孩時……啊，對了，當時很疼愛我的叔公帶我來這裡……

我只能想到這裡。

有個東西在我記憶中蠢動。——我是這麼覺得，但不管我再怎麼拚命想要憶起，可能都是白費力氣。——雖然我這麼想，但可能是受到那個東西的引導，我打開窗，來到外面的陽臺。

我的呼氣就此化為白霧。我雖然因寒冷而怯縮，但還是赤腳走向屋外。

從這個場所仰望夜空，同樣看不見半朵浮雲，不光有星星，月亮也在夜空露臉。那是朦朧的滿月，散發著泛紅的詭異亮光。

我的心情紛亂，胸口抵向柵欄的扶手。

在星光與月光的照耀下，我看到一路連綿的土牆。土牆後方那片廣大的土地應該是墓地吧。我斜斜地望向右前方，遠方有個巨大的紅色影子。那是……對了，是永安神宮的大鳥居。

呦～

一陣怪異的「聲音」，突然令夜氣為之顫動。

呦～

那是什麼？

來路不明的動物叫聲……啊，對了，這飯店附近有一座池崎公園，那裡有一座規模雖小，但開業至今已有上百年歷史的市立動物園。一定是從那座動物園傳來某個動物的叫聲。

呦～呦～～

我漸漸承受不了外面空氣的寒冷，不久，我回到室內。回到室內的同時，我不自主地長嘆一聲。

至少可以確定，我小時候有過叔公帶我來這個房間住宿的經驗……然而，不光只是這樣。不是小時候，這幾年我大概也有過類似的體驗……唔，但我就是想不起來。那東西在我模糊一片的記憶之海裡的某處，持續變換不定地沉浮，我覺得自己好像找到了，試著想將它拉過來，但它卻馬上一溜煙地跑遠。

就在這時，我聽到滴答的聲音。

滴答……滴答。

滴答……滴答答。

好像是滴水聲。不，像是某個東西邊滴水邊行走……

恐怖再次對我帶來衝擊。

該不會是剛才在泳池裡想抓住我腳的那個東西吧？它爬出泳池，追著我來到這裡……

滴答。

滴答……滴答答。

它緩緩朝我靠近。我突然微微感覺到一股難聞的臭味，像是魚放久了的腥臭……

「別過來。」

我忍不住放聲大喊。

「不要過來。」

但聲響卻未停歇，那難聞的臭味也逐漸增強。

「別過來！」

我又叫了一聲，逃往隔壁寢室。

寢室深處有另一扇門，一定是出口，通往這家飯店的一般走廊。

我如此深信，在黑暗中拔腿狂奔。以近乎衝撞的勁道打開門，衝向門外。然而——

我衝向的地方，卻不是我原本所期待的場所，而是原本的泳池畔。

# 11

我整個呆立原地。

這到底是怎麼回事？

這家飯店的這個區域，在現實世界中真的是這樣的格局嗎？還是說，現實世界並非如此？例如，在這個泳池畔與剛才的客房中間，剛才產生了一個物理法則無法解釋的空間扭曲現象……不，比起這種科幻性的怪異現象，更應該檢討的是我自己的問題吧。我自己的知覺和認知，從某個時間點就開始變了調，因為這個緣故，才會遭遇這麼怪異的事……

然而，我現在已沒有這樣的從容，可以悠哉地思考這件事。

我窺望背後，從剛才我衝出的那扇門後方的黑暗中，傳來剛才的聲響，一步步朝我靠近。剛才那難聞的臭味也飄散過來。——它來了，朝我追來了。

我躍離門前，環視泳池畔，想找尋其他出入口——

我忍不住再次發出「嚇」的一聲悲鳴。

持續停電的泳池畔一帶，有某個東西。

融入黑暗中，輪廓模糊的成群黑影。至少比人類小孩還高，但不知道是否為人類的一群東西，不知何時大批在此聚集……

它們各自發出滴答滴答的可怕聲響，朝我靠近。雖然緩慢，但很確實地一步步縮短與我的距離。除了像魚放久了的腥臭味外，又飄來像烤肉般的焦臭味，還摻雜了令人聞了想吐的嚴重腐爛臭味，氣味愈來愈濃。

不知道這些影子們是什麼。不過，可以確定它們非比尋常。

——我是這麼覺得。

要是一直這樣呆立著，而被它們團團包圍的話……

如此想像後，感受到一股生理上的強烈嫌棄感，以及很原始的恐懼。所以——

我脫去浴袍，跳進泳池裡。因為我心想，除了這麼做之外，無處可逃了。不過，這樣的判斷和處置是否正確，我心裡抱持很大的問號。

因為它們也可能會為了追我而跳進泳池裡。而且一開始感覺到不對勁，明明就是在這座泳池裡……
跳進泳池後，我大口地深吸一口氣，然後憋氣潛入水中。
這泳池深得令人難以置信。我原本是打算潛水沿著池底橫越泳池，游到另一側逃離這裡……但不管我再怎麼往深處潛，也潛不到池底。
就算睜開眼睛，也一片漆黑，什麼也看不見。
就在這慌亂的過程中，當然會漸漸缺氧。我無比難受，無法再繼續潛水。我感到焦急，得馬上浮出水面吸氣才行。但我已經不行了，體力達到極限，再這樣下去我會溺死——就在我心裡這麼想的下個瞬間。
我發現自己變成了體型和人一樣大的黑色怪魚。
我一意識到這點，便馬上從痛苦中解放開來。開始用鰓呼吸，而不是用肺。
原本沉重的手腳動作變成輕盈的魚鰭躍動，怪魚（我）充滿彈力地扭動全身游泳。
怪魚（我）就此持續在昏暗的水中往深處下潛。
泳池畔的那些東西感覺已沒朝我追來。我心中的恐懼不知何時已煙消霧散，持續潛水成了怪魚（我）的目的。而就在這樣的情況下——
我漸漸搞不清楚自己過去是什麼人，我雜亂的思緒突然棲宿在這樣的意識中。
這裡是……
這裡是……

這泳池是……

這泳池是……不，沒錯，這已不是「Amphibian」的那座泳池。這裡是……對了，是從太古時代就存在於華兆山山麓的一座深邃的池沼。記得之前（……是什麼時候發生的事呢？），深泥丘醫院所在的那座山丘沉入水中後出現的那座池沼，就和它一樣，位在這裡的池沼也一樣，不管潛得多深，都到不了沼底……

…………

…………

…………

嘰！

突然一陣尖銳的聲音破空而來。同時我的意識有一半轉移到那隻展開漆黑雙翅的巨鳥「眼睛」上。

嘰！

巨鳥（我）的眼睛下方，此刻是「Amphibian」泳池的天窗。巨鳥（我）一面迴旋，一面以猛烈的速度朝天窗俯衝。和翅膀一樣漆黑，又長又尖的鳥喙，一擊便啄破天窗的玻璃。

巨鳥（我）毫不猶豫地衝進正下方的泳池裡……

…………

…………

…………

不久……

從黑暗深邃的水中衝出的巨鳥（我），鳥喙緊緊叼著游得筋疲力竭，氣若游絲的怪魚（我）。

巨鳥奮力振動溼透的翅膀，口中叼著怪魚，飛離水面。朦朧的滿月詭異地照亮黑夜，牠就此朝月光飛去。

## 12

一週後，標題寫著「敬邀加入『Amphibian』」的邀請函寄送到我家。

邀請函內還備有永久會員資格以及全年會費的匯款單，不過，就我這麼一位稱不上多紅的小說家來看，這樣的金額相當吃力。

是否要入會呢？——答案暫且先保留吧。

# 貓密室

我做了這樣的夢。——我是這樣覺得。

## 1

我辭去黑鷺署刑事課的職務，開設一家私人偵探事務所，這時我得到一起離奇殺人案件的消息。告訴我這個消息的，是與我素有交誼的法醫——石倉醫生。

「命案現場是位於紅叡山山腳的一處寧靜住宅街外郊的獨棟房。家中就一對中年夫妻同住，丈夫是在當地的中堅企業任職的上班族，妻子是家庭主婦，兩人沒有孩子。」

命案發生的隔天，醫生突然打電話給我。

「被害人是這家人的女主人。發現者是她丈夫。昨晚午夜零點前，丈夫參加完公司的新年聚會回到家中一看，妻子已在家中遭人殺害。」

「殺人手法不太尋常是嗎？」

既然他會特地與我聯絡，就表示這不是常見的命案。我心裡這麼想，試著向他詢問。

「是像恐怖電影的知名場景中會看到的那種屍體，或是被什麼巨大物體踩扁的屍體嗎？」

「不不不，不是這樣的。」

結果醫生的回答完全出乎我預料之外。

「屍體很平凡，是毆打致死，兇器是很平凡的鈍器。既沒有像『比擬殺人[11]』那樣的裝飾，也沒留下死前訊息這類的東西……殺人案本身沒什麼特別之處。」

「哦——」

「問題在於它周遭的狀況。」

「你這話是——？」

「也就是說，它處在某種不可能的狀況下。」

「——密室是嗎？」

「對，可以這麼說。」

「現場的門窗都是從內側反鎖的狀態嗎？」

「啊，不，和門窗上鎖的這種密室完全不同，也就是說……」

醫生有點吞吞吐吐地說道。

「不是有所謂的『雪之密室』嗎？」

「啊，對。」

雖然殺人現場四周積雪，但雪地上卻找不到任何兇手的腳印。或者是雖然有腳印，但數量卻不夠。——指的就是這種狀況，稱之為「雪之密室」，也有人簡稱為「雪密室」。

11 比擬傳說、故事，或是詩歌，以類似的方式殺人，或是對屍體或命案現場進行裝飾的殺人手法。

昨晚那起命案周遭的狀況就像這樣嗎？——我差點就這麼想了，但我馬上低語一聲「不對」。

一月是很冷的時期沒錯，但這個小鎮最近都沒下雪。昨晚也是如此。就我所知，市內應該沒降雪或積雪才對。可為什麼……？

我還沒提出疑問，石倉醫生就先說了。

「『雪密室』只是個比喻。實際的情況完全不一樣。也就是說……」

喵……某處傳來這個聲音。——這時我有這種感覺。

「發生命案的那戶人家，四周覆蓋的不是雪。」

「不是雪，會是什麼？」

經我詢問後，醫生一本正經地回答：

「是貓。」

「啥？」

「昨晚從推測兇手犯案的時間起，一直到發現屍體的這段時間，有數量驚人的貓在那棟房子四周。數量多得驚人，幾乎布滿整個地面。」

「你、你說什麼？」

「而奇怪的是，那些貓完全沒有被人踩過的痕跡。所以昨晚的情況，不是『雪密室』，而是『貓密室』……」

貓密室。——在一個隆冬的夜晚，擠滿一座獨棟房四周，數百隻，甚至是數千隻的貓、貓、貓、貓！

不知為何，那幕情景伴隨著異樣的真實感，在我腦中擴散開來。在相互推擠的狀態下喵喵叫的貓叫聲，一再重疊，在我耳中形成漩渦。

## 2

——我終於說出這樣的故事。

對象是和我有老交情的文藝編輯秋守先生。前年秋初在東京展開長時間閉關，當時受他不少關照。幾個月前，他的職務異動，現在他擔任月刊小說雜誌《文藝Q》的總編。

秋守先生今天對我說「向您拜個年，順便悠哉地吃頓飯，好久沒一起吃了」，就此從東京前來，不過我和他認識這麼多年，很清楚他說的「悠哉地吃頓飯」，絕不能完全當真。像這種時候，一定得看出他的弦外之音——「我好不容易當上總編，所以請您也在《文藝Q》上寫某某風格的稿子。想好好和您談談這件事」。所以——

雖然我寫作速度慢，作品又少，但我個性一板一眼，所以這幾天我也想了一些事。例如他如果請我寫稿時，我該如何回應。至於「某某風格的稿子」，究竟是「什麼風格」。

然而——

聚餐後，我們來到Q＊＊飯店的旗艦酒吧「CRAVEN」，在座位上迎面而坐後，秋守先生大口地喝著他點的高球雞尾酒。接著不出所料，他隔著平常戴的圓框眼鏡的淡藍色鏡片注視著我，很理所當然地以一句「事情是這樣的——」當開場白，就此道出來意。

「我們三月發行的四月號，想請您幫忙寫一篇短篇小說。同樣是走王道路線的本格推理。」

「你說三月發行，意思是下個月截稿？」

「是的。」

「感覺很突然呢。」

「是的。就像您說的。」

「而且還是『走王道路線的本格推理』？」

「沒錯。」

秋守先生重重地點頭。

「姑且不談先前請您特別寫的全新小說，您最近都很少寫像樣的推理小說對吧？我覺得也是時候了，您有需要試著回歸初心。」

我原本已做好心理準備，想說他應該委託我寫稿，但他的委託內容實在太出人意表，我就此發出「嗯」的沉聲低吟。

自從出道以來，我長時間都是以冠上「本格」之名的推理小說當作創作主力。但近年來尤其是在短篇方面，確實幾乎都沒寫本格推理。我寫的大多是怪奇幻想類的小說，未必是以「謎題和邏輯破案」當作成立條件……

「請不要誤會。我的意思並不是說您最近的作品不好。我也認為以作家的立場來看，寫自己現在想寫的題材是很正確的做法。不過還是……」

「應該回歸初心，寫本格推理是嗎？」

「對，不過我可沒說每一部作品都要這樣哦。」

「嗯——」

「我們預定在四月號要推出本格推理特集。先安排一篇。您會幫我們寫吧？」

他講得這麼熱中，坦白說，我很為難。我已料到他會委託我寫稿，多少也想過這「某某風格」的部分，但我萬萬沒想到他會叫我寫「本格推理」，對我加上限制。

「這可傷腦筋呢。」我很坦然地回答。

「短篇的本格推理……嗯，不容易呢。如果不是本格，也不是推理的怪奇小說，就算下個月截稿，我應該也趕得出來，不過……」

「不，目前不是要走那個路線，所以請寫一篇本格推理。」

「話雖如此——」

「您以前不是曾經很自豪地說，您腦中儲存了許多點子嗎。」

「我才沒自豪呢。」

「或許沒這樣自豪，但你確實這樣說過吧？」
「當時我說的是長篇小說用的點子。短篇小說則又另當別論了。而且我原本就不擅長寫短篇推理。」
「您有這麼多年的資歷，這方面就幫個忙吧。」
「話雖如此——」
「您不必太講究，只要寫一篇簡單的解謎故事就行了。一個點子，一個詭計，六十到七十頁左右。這樣可以吧？應該寫得出來吧。」
「——嗯。」
我仍舊感到為難，側著頭尋思，但隔著鏡片望著我的秋守先生，雙眼卻不顯絲毫放鬆。照這樣的氣氛看來，無法含混帶過。我苦思良久，最後終於——
「雖然這也算不上是什麼點子，不過事情是這樣的，昨晚……」
因為備感難受，於是我試著說出自己夢見的「貓密室」這個故事。

### 3

「然後呢——？」
秋守先生催我繼續說下去。我輕咳幾聲後應道：

「那個夢到這裡結束。」

「咦，沒有後續嗎？」

「沒有。」

「嗯——」

這次換秋守先生低聲沉吟。

他一副不知如何是好的神情，又續了一杯高球，重新轉身面向我。酒精發揮作用，他的臉頰已經泛紅，但眼鏡底下的雙眼依舊不顯一絲放鬆。

「『貓密室』一詞，我覺得很有意思，不過……『那些貓完全沒有被人踩過的痕跡』，這到底是什麼啊？不懂它的意思。」

「你說得對。」

我也坦然點頭。秋守先生又接著問道：

「話說回來，為什麼會有那麼多貓聚集在那戶人家四周？」

「這個嘛——」

「就像附近的野貓聚會嗎？」

「這個嘛——」

「要是聚集了數百隻貓，在那裡喵喵叫，一定很吵吧。住附近的人會不會覺得納悶，而跑來查看呢？」

「這個嘛——」

他的每個提問，我都只能偏著頭苦思。然而——

「不過，這是很超現實的情景吧？」

「超現實……或許是吧。不過，要說這是本格推理，實在有點牽強。」

「也是啦。」

他的意見極為中肯。就算他很明確地跟我說「不採用」，那也是沒辦法的事。然而，秋守先生並未就此打住這個話題，他以不顯一絲放鬆的聲音接著說了一句「好吧」。

「那麼，既然您都想好了，那就好好活用『貓密室』一詞吧。要以它當標題也行。您就再試著想想其他能成為正經推理的命案現場情況吧。您覺得呢？」

「想其他的『貓密室』？」

「您昨晚會做這樣的夢，一定也是某種命運的安排……您就答應吧。如何？」

「嗯。」

在秋守先生的纏功推動下，我也慢慢開始構思。我從以前就不擅喝酒，就算在這種場合下也很少點酒，但這時我因為覺得太過痛苦難受，而喝了一兩杯紅酒。

也不知道這樣是幸還是不幸。不久，我腦中便緩緩浮現很適合「貓密室」這個標題的另一個情景。

「呃……這樣你覺得怎樣？」

我如此說道，一本正經地盤起雙臂。就此說出我的想法。

「將貓兒們所在的場所，從房子周圍改成密室內。撞開上鎖的大門，進入屋內一看，室內有被害人的屍體以及好幾隻貓……，這種狀況也可以稱作『貓密室』吧。只不過這樣就不會給人超現實的印象了。」

「你說的『好幾隻』，到底是幾隻貓？」

「五、六隻……不，十隻左右也行吧。」

「是那戶人家養的貓嗎？」

「設定成家中沒養貓，這樣比較有意思。理應沒有的貓，不知為何竟然一次出現十隻，和屍體一起關在密室裡……」

「貓也死了嗎？」

「貓……我不想讓牠們死。牠們應該是都活力充沛地在屍體周邊遊蕩吧。」

「其實是這些貓殺了她，不會是這樣的故事吧。」

「不是。動物是兇手或兇器，感覺已經不新鮮了。兇手始終都是人類，用了某種詭計讓命案現場成為密室——感覺要是不安排出這樣的真相，就無法成為『王道路線的本格推理』。」

「原來如此。」

秋守先生點頭，像在學我似的，也一本正經地盤起雙臂。

「密室的詭計當然和貓兒們有關吧。」
「啊，嗯。說到這個。」
我鬆開盤起的雙臂，叼了根菸。
「這是個大問題呢。理應不在屋子裡的貓兒們，為什麼會在那處化為密室的殺人現場裡呢？一定是兇手帶進去的，可是……嗯……等等。」
像這樣在和編輯直接對話的過程中，作品的情節就此逐漸擴充的作家，其實也不少。我算是不太會這麼做的人，但有時也會這樣。
眼下就拿定主意，照這個路線展開思考吧。——我開始有這個意願，完全中了秋守先生的道。
「嗯，像這種時候，就要再……」
我一面說，一面從包包裡取出筆記本和筆，在空白頁面上寫下大大的「貓密室」三個字。
「好了。」我低語道。
像這種時候，就要再……沒錯，要現場進一步展開具體的思考。從我剛才想到的「貓密室」這種狀況，能寫出怎樣的短篇推理小說呢？——雖然我寫作速度慢，作品又少，而且最近在各種場面下，常會記憶模糊，但我骨子裡其實是個一板一眼的推理作家。
「CRAVEN」店內展開鋼琴現場演奏。裡頭只有零星的客人，這樣很幸運，不會吵得我無法思考。

4

## 貓密室

○舞臺

某戶人家，最好是一棟大房子。

○登場人物

屋主A＝被害人。

家人以及案發當天聚在這棟屋子裡的人們（A的朋友等等），以六、七個人較為適當。……需要再檢討。

兇手X就在這些人之中，最好只有一位犯人。

○命案現場

像A的書房之類，門上鎖的房間。

一樓或二樓？

有可以從窗戶進出的場所會比較好嗎？如果是這樣，就算是在二樓，只要使用梯子一樣可以進出。

○殺害方法
毆打致死（暫訂）。兇器是某種鈍器。
在現場發現好嗎？……要再檢討。

○密室的結構
＊門處在上鎖狀態，無法從外面開關。
像插入式門鎖這類的內部鎖？
或是沒有備用鑰匙的鎖？就算有備用鑰匙，犯案時也不能使用的狀況？
……要再檢討。
＊窗戶也是上鎖狀態，無法從外面開關。
＊發現屍體時，室內沒人。沒有藏在室內某處的這種模式。
＊沒有「祕密通道」這類的東西。

○貓
密室內約有十隻貓。都是活的。
應該是X帶進來的吧。
為了什麼目的？

——我試著將基本設定和檢討事項列出，展開思索。

非得解決不可的問題，首先當然是「兇手是如何安排出密室？」——不過，以這部作品的情況來說，還是應該先以「貓密室」這個特殊狀況作為最優先的課題。

為什麼兇手要帶這麼多貓進犯案現場？——沒錯，必須讓它成為這起案件的關鍵。

關於將命案現場布置成密室的方法，例如利用某種物理性的詭計（像人們常說的「針和線的詭計[12]」這一類），從外面對門窗上鎖——這類的手法，如果詭計本身不夠創新的話，還是別用的好。就算要使用，也還是別當主軸比較好。這是現代推理小說的定律，而且也不合我的作風，所以決定一開始就排除這個走向。

那麼，接下來……

12 在密室類的推理小說中，常會利用針和絲線將殺人現場安排成密室。

該怎麼辦？

接下來該怎麼做，才能打造出秋守先生說的「王道路線的本格推理」呢？

## 5

在緩慢的爵士鋼琴演奏聲中，我們兩人之間的沉默持續良久……

「……哈哈，有了。」

我在菸灰缸裡熄去第三根菸時，如此低語，秋守先生馬上做出反應。

「您想到什麼了嗎？」

「嗯，有個點子。」

這樣可能行得通，我逐漸看出整個故事的構圖。——我是這麼覺得。

「噢，不愧是老師。」

秋守先生猛然趨身向前。

「當然了，您肯說給我聽吧？」

「雖然不是什麼多新穎的點子……不過，如果是正統的短篇，應該也會有這種設計吧。」

「您就別賣關子了，請說吧。」

「呃……那我就說了。」

我的視線望向手中的筆記本，重新叼了一根菸。不管我的主治醫生再怎麼叮囑我「抽菸要適量」，但在這種場合下，我的吸菸量還是一樣不減反增，當真是尼古丁中毒者的悲哀。

「首先，兇手X犯案後，將貓兒們放進命案現場前，事先在屍體身上以及周邊撒上許多木天蓼[13]粉。藉由這麼做，貓兒們不會在室內到處遊蕩，而是聚集在屍體周遭。」

「嗯、嗯。」

「在木天蓼的功效還沒完全消失前，屍體被人發現，X就是這樣安排。——理應在書房裡的屋主A的情況有點古怪。大門鎖著，不管怎麼叫喚都沒回應。人們覺得納悶，以破門或使用備用鑰匙的方式進入屋內後，發現A陳屍在室內，沒其他可疑人物在場。而不知為何，現場有好幾隻貓陪在屍體身旁，不斷喵喵叫。——目睹這怪異的狀況，當時人們全都做出同樣的反應。」

「什麼反應？」

「眾人的視線不約而同地集中在屍體以及屍體周遭的貓兒們。無一人例外……不，只有X不一樣。」

13 又稱葛棗獼猴桃，會使家貓等貓科動物產生舔舐、翻滾、流涎等興奮效果，功效與貓薄荷類似。

「哦——」

秋守先生微微偏著頭，顯得有點不安。我將酒杯裡剩餘的紅酒一飲而盡。

「因為當時在屋裡的人們都是愛貓人士……」

「愛貓人士？」

「不知道遭殺害的A是不是，而且這問題暫時還不重要，不過，至少走進命案現場的人們全都是愛貓人士。因此，雖然面對A遭殺害的這種異常狀況，感到膽戰心驚，但他們的注意力還是被在場的貓兒們所吸引。目光因而不由自主地被吸引過去。——愛貓人士就是這樣，對吧？」

「嗯……算是吧。」

雖然秋守先生露出更加不安的反應，但我不予理會，接著往下說。

「這些發現者的其中一人就是兇手X，他藉由這麼做，讓眾人的注意力都被那些貓所吸引，然後他看準這幾秒鐘的可乘之機，展開他計畫中的行動。例如……如果這故事要簡單一點，那就是他小心不讓眾人發現，來到窗邊，將當時還沒鎖上的窗鎖偷偷鎖上。」

「那扇窗就是他犯案後的逃脫路線是嗎？」

「不過，這始終都只是在『如果這故事要簡單一點』的前提下。——不管怎樣，『貓密室』這樣就完成了。」

發現屍體時，命案現場還不是密室，他是在發現屍體後，趁現場一片慌亂而暗中運作，這才布置出密室。這也是在推理小說中常用的模式，但是將「發現屍體後的慌亂」，特別轉化成「將注意力全集中在事先留在現場的貓兒們」這項工作上，這樣的變型可說是史無前例。——我是這麼覺得。

「哦，原來如此。」

秋守先生先是點了點頭，但接著他一隻手拿著已不知道是第幾杯高球的酒杯，再度偏著頭說道：「可是——」

「利用大家注意力都被貓兒們吸引的可乘之機……這樣的做法會順利嗎？」

「因為大家都是『愛貓人士』，所以會進展順利的。」

「可是——」

秋守先生吐槽道。

「如果是『發現屍體時動的手腳』這類的詭計，就算不使用貓，也還是有其他方法吧？」

「要是現在就說出來，我不就什麼也沒剩了嗎。」

我委婉地提出反駁。

「不知為何，密室殺人的現場有好幾隻貓，我現在就是以這種怪異的狀況當起點，在思考故事的情節。當然了，像『無論如何也得利用貓』或是『無論如何也想利用貓』這樣，能備妥X這麼做的緣由，自然是最好，所以這方面我會再多想想，然後加以附上。」

「哦。說得也是。」

「在這個階段下，得先決定好的是——」

我又重新點了根菸，如此說道。

「偵探的角色是如何看出命案的真相，揪出兇手。因為以本格推理來說，這時候最不可或缺的，就是機靈的線索和邏輯。」

## 6

「您已經有腹案了吧。」

經秋守先生這麼一問，我緩緩頷首。

因為不習慣喝酒，我的身體從剛才就開始莫名地發熱。臉和頭也熱了起來，略感頭暈目眩。話雖如此，還不到覺得不舒服的地步，所以這時候乾脆趁著「醉意」，一股腦兒全說了吧。——嗯，這樣或許也不錯。

「關於最核心的邏輯思維……嗯，其實剛才經過一番整理後，我已經想到了。」

「您就別賣關子了，請說吧。」

在他的催促下，我說出自己的構想。

「命案發生當日，聚集在那戶人家的眾人當中，有個人很討厭貓。就假設這個人是B

吧。B從以前就常公開說自己很討厭貓，毫不避諱。而這天聚在那戶人家的眾人，也都是從以前就知道這件事。——要在故事的一開頭就先安排這樣的人物混在裡頭。」

「接下來登場的是討厭貓的人物嗎？——咦？」

秋守先生瞪大眼睛。我接著往下說。

「走進命案現場時，眾人之中要是有個討厭貓的人物B，B的注意力就不會擺在貓兒們身上。相反的，B應該會將視線從討厭的貓兒們身上移開。這麼一來，X的計畫就很可能以失敗收場。」

「的確。他為了安排『事後布置的密室』所展開的祕密行動，被發現的風險相當高。」

「但實際上，此事完全按照X的計畫進行，順利完成了『貓密室』。——這代表什麼意思呢？」

我拋出提問，秋守先生很誇張地發出「嗯」的一聲沉吟，接著又不太放心地偏著頭說道：

「B也和其他人一樣，沒發現X的行動。呃……這表示B的注意力同樣也被貓兒所吸引嗎？」

「——意思是什麼呢？」

「意思就是……呃，雖然B從以前就常公開說他討厭貓，但其實他也是愛貓人士，是嗎？」

「嗯，沒錯。」

我雙手一拍，誇讚秋守先生有慧眼。

「其實他愛貓，但因為有某個苦衷，而假裝自己討厭貓。既然B是這樣的人，那麼，這時候用來鎖定兇手身分的一項重要條件就誕生了。那就是——

B其實是愛貓人士，知道這項事實的人正是X，就像這樣。正因為X事先就已知道這件事，所以X才會預料自己的這項詭計會成功。

那麼，『B是假裝討厭貓的愛貓人士』，知道這件事的人是誰呢？關於這個問題，如果事先做好安排，而能從故事中各個人物的描寫和言行來推測的話……」

「原來如此，這能成為Who done it的『骨幹』對吧？」

說到這裡，秋守先生臉上這才浮現能接受的神情。——我是這麼覺得。

**7**

之後我和秋守先生又面對面聊了一會兒，最後走出Q＊＊飯店的「CRAVEN」，當時已將近午夜十二點。

他說「我送您回府上吧」，我就此順從他的好意，兩人一同坐上計程車，踏上歸途。

秋守先生在車內一直沉默不語——倒不如說他已喝醉，處於半睡著的狀態，而我坐他旁邊，仍獨自針對剛才討論的「貓密室」持續展開構思。因為我的個性很一板一眼。

本格推理的主軸＝「骨幹」這部分，已大致決定。根據我多年的經驗，應該有辦法完成它。不過——

還有許多細節得進一步思考。如果要具體舉例的話，例如——

舞臺、登場人物、人物關係等等的細節。也得明確提出犯案動機。還有命案當天的時間表。兇手是如何找來這麼多貓，又是如何運來，不讓人發現……

當中有個大問題，那就是「兇手為什麼非得將犯案現場布置成密室不可？」這是在寫密室推理時，無法閃躲的重點，不過這部作品是以「貓密室」這種特殊狀況所帶來的衝擊為主軸，所以關於這點，只要附上一個能交代過去（這樣說好像不太好聽）的理由應該也就行了。

——我要一一決定好這些部分，著手開始寫作。一面留意整體稿件的頁數，一面思考故事的密度和步驟，而且還要能趕上截稿日……

我緩緩甩動因紅酒而殘留醉意的腦袋，低聲嘆了口氣。

雖說是篇幅六、七十張稿紙的短篇小說，但從開始創作到交稿，還有很長一段路要走。正因為如此，整體來說，寫本格推理是件很麻煩的事。想到這項工作我竟然一做就這麼多年，還真是不簡單呢。

不過話說回來……

今晚是中了秋守先生的圈套，最後才想出這樣的情節，如果在截稿日前完成，不知道會是多有趣的一部作品呢。——雖然當中還有很多部分，若不試著實際寫寫看，不知道會是怎樣，不過現在冷靜細想後，坦白說，心裡覺得很不安。

這樣真的好嗎？

這樣的情節沒問題嗎？

這種程度的作品能號稱是「王道路線的本格推理」，送到世人面前嗎？這樣你能接受嗎？

我如此自問的聲音，現在變得愈來愈大聲，不過就另一方面來說……

這原本就不是我擅長的短篇故事，所以也就這樣了。要一直都發表佳作、名作、傑作，作家之路走得長長久久，原本就不是件容易的事。而且我也曾聽人說，站在讀者的立場來看，閱讀自己喜歡的作家寫出的「劣作」，也是一種樂趣……

也傳出這樣說服自己的聲音。——不過，也許今晚睡上一覺，明天完全酒醒後，我就會覺得自己寫不出這樣的東西，不該寫這樣的小說……

……正當我的思考和情感糾結在一起，不住旋繞時，計程車已逐漸接近目的地。

我請司機在離我家約一百公尺遠的地方停車。我想小走一段路，讓自己酒醒。

「啊，那我也一起下車吧。」

這時秋守先生醒來，如此說道。

「如果您不嫌打擾的話，我也想跟夫人問候一聲。」

## 8

雖然今天月亮沒露臉，但滿天星斗，是個美麗的冬夜。

這裡是紅叡山山腳一處幽靜的住宅街。我和秋守先生兩人呼著雪白的氣息，走在四周仍留有許多農田的夜路上。走著走著，至少我覺得寒意已將我的醉意完全吹跑。——我是這麼覺得。

來到路燈稀疏的昏暗道路盡頭，已經可以看到我家。

「那裡就是了。」

秋守先生指向前方，我回應道：

「雖然從窗戶看不到燈光，不過……我想她應該還沒睡。」

「如果夫人已經入睡，那我貿然來訪可就失禮了。」

「不，應該沒問題。」

說著說著，已來到家門前，我正準備開門時——

搖晃。

突然感到一陣強烈暈眩。

天旋地轉。

最近有好一陣子沒暈眩了，但這時突然老毛病又犯了。

我承受不住，手抵額頭，當場單膝跪地。

「啊，您不要緊吧？」

秋守先生的聲音顯得很慌張。

「我……不要緊。」

我如此回答，做了個深呼吸。

「偶爾會這樣。」

我重新站起身，望向一臉擔心地觀察我神情的秋守先生。但不知為何，這時映照在我眼中的，卻不是戴著藍色鏡片搭圓框眼鏡的秋守先生……

他再次向我確認，輕撫他遮蔽左眼的茶綠色眼罩。我雖然大為慌亂，但還是應道：

「您沒事吧？」

「——是的，大概沒事了。」

「那我們走吧。」

我依言朝大門伸出雙手。

但就在那個瞬間——

我茫然呆立原地。

從大門斜斜地往左方延伸，一路連往玄關的通道。圍繞在四周的這座小小的前庭，設置在玄關反方向某個角落的車庫。在這座占地上，環繞在建築外的各個地方，此刻有某樣東西將它占滿，不留一處空隙……

……是貓。

在蒼白的星光下，數量驚人的貓兒們群聚在這棟屋子四周。在擠得水洩不通的狀態下，喵喵地叫著。雖然從這個位子看不見，但屋子後方肯定也是同樣的狀況。而且——

那不知是多達數百隻還是數千隻的貓兒們，完全沒有被人踩踏過的樣子。

# 貓鎮

## 1

「昨晚我做了個奇怪的夢。」

妻子說。

今年的「五山送火」平安落幕的隔日，亦即星期六的下午。

我很注意下週一等著我的截稿日，就這樣寫稿寫到天亮，接著上床就寢，睡到過午才起床，可能還一臉睡眼惺忪的模樣吧，妻子看了後說道。

「我想，那應該是可羅吧。」

妻子如此說道，微微側著頭，朝蹲在她腳下的那兩隻貓望了一眼。牠們都是褐色的公虎斑貓，前後已和我們一起生活了十多年。

其中一隻名叫「可羅助」——簡稱可羅。而另一隻名叫「小不點丸」——簡稱小不點。

牠們都是妻子撿回來的貓，應該是同年的兄弟。有同樣的毛色，以及同樣的綠色眼珠，不過若以體格來比較，小不點的骨架較粗，身形渾圓，長得很像狸貓。可羅則身形修長，尾巴又細又長，感覺很像黃鼠狼。

「可羅昨晚出現在妳夢裡嗎？」

我揉著迷濛的眼睛，如此詢問，妻子點了點頭。

「大概是吧。」

「怎樣的夢？」

「呃……有隻貓在河裡被沖走。」

「河？」

「不是什麼大河，而是像鄉下地方的水渠那樣，但相當深的一條小河。水很清澈，流速湍急。」

「貓掉落河裡是吧？」

「也不是掉落，我不經意地望向那兒，就發現牠已經在河裡了。但牠不像溺水，牠的前腳像這樣併攏露出水面上，水面下的身體則是直直地往下伸直……就像在立泳一樣漂浮著。」

「嗯。」

貓其實不擅長游泳，不過這是夢裡發生的事，所以怎樣都有可能。

「牠的頭突然冒出水面上，一看到我，彷彿很開心似的叫了聲喵。」

「嗯、嗯。」

「接著，牠維持原本的姿勢躺下，像陀螺一樣旋轉，就此被沖走。同樣喵喵喵叫個不停。」

「喂，妳不想救牠嗎？」

「嗯，我就只是站在河邊看著牠被沖走。」

妻子再次望向腳下的貓兒們。

「因為牠看起來並沒有因溺水而難受的感覺，反而顯得樂在其中。」

「嗯。——然後呢？」

「從長相和叫聲來看，我認為牠是可羅。牠一直轉個不停，一路被沖走，過沒多久，再也看不到牠的身影，我的夢到此結束。」

「嗯。——目送可羅這樣一路被沖走，妳有什麼感覺？是覺得害怕，還是悲傷？」

我詢問後，妻子毫不遲疑地搖了搖頭。

「說來也真不可思議，我完全沒有這樣的情感。總之，因為可羅看起來很快樂。牠很開心地轉個不停……很奇怪的夢對吧？」

「的確。」

如果說奇怪，確實很奇怪，但這終究是一場夢。就算深入細究，想必最後也只會做出老套的「夢境解析」吧。

妻子腳下的那兩隻貓，對於飼主的這場對話，當然是一點都不在乎，仍是那怡然自得的態度，各自以前腳堆成一個「箱子」，趴在上頭打盹。我朝牠們走近，蹲下身，輕撫著體型苗條的可羅後背。一邊這麼做，一邊重新在腦中描繪剛才妻子說的夢境「畫面」。

只從水中探出頭和前腳，身體垂直地伸直，以這個姿勢漂浮的貓。嗯，這感覺很像是……

「那種漂浮方式，感覺就像立起茶柱一樣。」

我說出自己突然想到的名詞。

「不是茶柱，而是貓柱是吧。人們泡茶時立起茶柱，代表好兆頭，所以貓柱應該也是同樣的道理吧。」

這真的只是隨口說說的玩笑話，然而——

「貓柱……」

妻子如此低語，透著一絲緊張，表情隨之緊繃。——我是這麼覺得。

「嗯？」

我微微偏頭感到不解。

「怎麼了？」

「嗯，剛才……」

妻子躊躇了一會兒後，如此說道。

「你說的那句話，還是別隨便說比較好。」

「咦，為什麼？」

我再度偏頭不解。

「我說的是這和立起茶柱一樣代表有好兆頭。而且雖然在夢裡被沖走，但現實世界裡的可羅還是老樣子沒變。」

「話是這樣沒錯，不過還是……」

妻子說到這裡就此不再言語，之後也一概不再提到和夢或是貓有關的話題。

有點奇怪呢——我當然會感到有點疑惑。

## 2

星期一順利交稿後，我仍心繫當時妻子那奇怪的反應，「貓柱」一詞一直在我腦中揮之不去。

說到立起茶柱，指的是在泡茶時，放入茶碗裡的茶葉莖以垂直立起的狀態漂浮的現象。立起茶柱代表好兆頭，也就是吉兆——從小就聽大人這樣說，只要是在日本出生長大的人，肯定大部分都有這樣的記憶。

如果立起茶柱改成了立起貓柱，意思就有所不同嗎？

例如，與立起茶柱的情況相反，立起貓柱代表觸霉頭，是凶兆？

不，這種事我從來沒聽過。再說了，貓柱這種東西，不過是當時我突然從茶柱一詞聯想出的自創詞罷了。貓像茶柱一樣漂浮在水中的這種現象，就只是妻子剛好夢見而已……

咦？

為什麼當時她會做出那樣的反應呢？

## 3

雖然八月已進入下旬，但不見趨緩跡象的連日酷暑，令人感到厭煩。

總是記不取教訓的我，又興起了「為健康而動」的念頭，原本已停擺好一陣子沒散步了，我決定再次展開。從去年春天開始，我便不時會到Ｑ＊＊飯店的泳池游泳，現在另外再加上散步。

我從Ｑ製藥的實驗農園旁穿過，一路往上來到千首院前，走向蟻良良坡的方向，還沒到深蔭川便先往下走，在白蟹神社境內遛達後返家——這就是我最近的固定路線。我看準一早的太陽還不太強烈前，或是傍晚開始吹起涼風的時間外出。這時通常都會遇見出來散步遛狗的人們。

雖然多年來我都習慣和貓兒一起生活，但我以前其實是不折不扣的「愛狗人士」——我深深有這樣的感慨。

我父親很愛狗，打從我懂事起，家中一直都養狗，這或許也是我愛狗的原因之一，所以我原本下定決心，日後要是能住獨棟房，我一定也要養狗。既然要養狗，就要養像黃金獵犬或大白熊犬這樣的大型犬，我甚至在心中描繪了這樣的遠景。然而——

十幾年前，當我們還住在出租大樓的時候，某天妻子撿回來的不是狗，而是兩隻小貓。「不應該是貓」、「去換狗回來」這種話我當然說不出口，我百般不願地同意牠們在屋裡住下。但當時我提議，至少要替這兩隻貓取個「像狗的名字」，妻子可能是顧慮到我的感受，馬上贊成。就這樣，牠們得到了「小不點丸＝小不點」、「可羅助＝可羅」這種不太像貓的名字。

開始飼養後還不到一週，我已深深被貓兒們的可愛所吸引，馬上從「愛狗人士」轉為「愛貓人士」，連我自己都覺得傻眼。如今回頭看，其實這也是很常有的事。

話說——

當我仍持續平日的散步時，一度快要忘記的某個掛念，再度慢慢膨脹。

從實驗農園旁通過時，我發現在農園入口的大門一帶聚集了幾隻貓。有時在千首院院門前的石階，或是停在停車場的車子底下，看到在睡覺的貓兒們。有時在白蟹神社境內的各處，看到各自以不同的模樣悠哉清閒的貓兒們。

試著加以留意後發現，這一帶住著許多分不清是家貓還是野貓的貓兒們。儘管如此，我幾乎沒聽說過這些貓惹過什麼麻煩，可能是因為這地區的居民都對貓很和善吧。也可能是這地區的貓兒們很守規矩，不會幹出惹惱居民的壞事。——不管怎樣。

每次看到這些貓，就會有個想法不斷在我心中膨脹——貓柱。

沒錯。妻子前些日子做出奇怪反應的這個名詞——甚至還引來妻子對我說「還是別隨便說比較好」，更令我對這個名詞感到在意。

## 4

當時我單純只是從「茶柱」產生聯想，想到「貓柱」一詞，但搞不好……我現在才試著想像。

也許妻子當時腦中所想像的，是和我所想的畫面截然不同的「貓柱」。

我具體的浮現這個想法，是在邁入九月後的第一個星期五。我因為對自己的健康略感不安，而前往深泥丘醫院就診時——

我來就診，並不是因為暈眩的老毛病又犯了。而是因為最近只要坐在電腦前工作，就老覺得身體不舒服。雖然還不到暈眩這麼嚴重，但腦袋微感昏沉，臉部發燙，手腳莫名地感到痠軟無力，有時還會微微心悸，略感噁心……

難道是血壓的問題？

我有這樣的直覺，但偏偏家中沒有血壓計。刻意買回來自己量，又嫌麻煩，因此我決定先到自己常去的醫院就診。

「您的血壓……喲，確實高了不少。」

茶綠色的眼罩遮住左眼的主治醫師石倉（一）醫生一面將測量裝置上顯示的數字記下，一面說道。

「因為之前一直都很正常，所以現在突然血壓升高，就會出現您說的那些自覺症狀。」

「果然——」

「總之，請買個家庭用血壓計，試著每天自己測量並記錄。也有只是因為壓力而造成暫時性血壓上升的案例。觀察兩個月左右，如果數字還是持續很高的話，或許考慮開立降血壓藥會比較好。」

「是——」

「我想，您因為職業的緣故，壓力也比較大……睡眠不足是大忌，請多留意。還要適度運動，另外，我還是得再三提醒，抽菸請適量。」

「是——」

雖說是高血壓，但數值還不到危險的程度，所以請不用太過緊張——醫生還這樣說道。覺得不舒服時，就別勉強，請躺下來聽些平靜的音樂，放鬆一下。我會開藥效溫和的鎮靜劑給您，覺得很不安時請加以服用，好好休息……

面對醫生的這些建議，我都一一點頭稱是。過去我從未在意過血壓異常的問題，所以現在就算醫生再怎麼跟我說「數值還不到危險的程度」，我還是感到心情沉重。不過——

「醫生，請問一下。」

診療結束時，我終於還是忍不住說出心中的想法。

「恕我冒昧問一句……請問您聽到『貓柱』一詞，有什麼感覺？」

結果——

醫生一開始先是偏著頭應了一聲「咦」。

「貓柱是吧。這……」

他是第一次聽到這個名詞，還是想到了什麼呢？看不出是哪一種反應。不過，這時候有個人做出比醫生更明顯的反應。她是一如平時守在診間角落的那位常看到的年輕女護士——咲谷。

她就站在那兒，什麼話也沒說。但她一聽到「貓柱」，臉上表情驟變。——我是這麼覺得。

臉上帶著些許緊張感……與當時妻子展現出的表情很相似。那表情就像在說「那句話，還是別隨便說比較好」。

護士並未實際對我這麼說。但是她把臉湊向因面對我突如其來的提問而不知如何回答的醫生耳邊，悄聲說道：

「今年是蛇年呢，醫生。九月的某一天大概會有貓鎮……」

「對，經妳這麼一提……」

醫生沒被眼罩遮住的右邊眉毛微微一挑，如此說道。

「因為我家沒養貓，所以不小心忘了……嗯。經這麼一說，確實是呢。十二年一次，蛇年九月舉辦的貓鎮……哦，換句話說，您剛才所說的也許是那個……」

醫生途中突然轉身面向我，如此說道。——但我完全不懂他在說些什麼。

「咦……」

醫生露出深感不可思議的神情，緊盯著我瞧。

「難道您不知道？」

「呃……你是指貓鎮嗎？」

「沒錯。」

貓鎮是嗎？可是我……

「您不知道？」

他再次向我問道。

「呃……我不太清楚……」

我誇張地偏著頭，露出不解的動作後，醫生手指抵向眼罩外緣說道：

「您一直住在這座鎮上卻不知道，真是罕見。」

「哦——」

啊……我隱隱覺得。

這好像是這幾年來我多次體驗過的狀況。

對於這座古老的小鎮上流傳的獨特風俗、習慣、傳說等等，我一概不知，已到了很不自然的地步。雖然在這座小鎮上出生長大，且長年都住在這裡，但只知道現在的我對此一無所悉，且完全沒有記憶，已忘得一乾二淨……

我感到一陣暈眩。

暈眩並不嚴重，不必刻意告訴醫生，但就在這時——

我第一次聽聞（——我是這麼覺得）「貓鎮」一詞，以及最近一直很在意的「貓柱」一詞。這兩者緩緩地相互產生作用，在我心中喚起某個不平靜的畫面。

## 5

離開醫院，在返家的路上，我一直暗自思索。

雖然沒有任何確切的證據，但一旦在心中萌芽的畫面，便很難從腦中揮除……

從「貓鎮」聯想到「花鎮」一詞。

它又叫作「鎮花祭」，原本是由古代宮中開始舉辦的年度儀事之一，至今在各地的神社也會舉行。櫻花凋謝時，疫病會開始流行，為了加以因應，才產生這項祭神儀式。人們相信，「花」會因為疫神分散而促成疾病的流行，為了「鎮住」這樣的災禍而舉辦這種「消災解厄」的儀式，所以叫作「花鎮」。

也有為了防止火災而舉辦「鎮火祭」這種祭神儀事，也可寫作「火鎮」。比較特別的還有「星鎮」，聽說是為了封印星星之神帶來的災禍所辦的祭典，至今仍在某處舉行。

照這樣來說，「貓鎮」到底是什麼呢？是為了防止貓帶來的災禍嗎？——就算是這樣好了，究竟貓會為這世界帶來何等的災禍呢？

當我試著這樣思考時，「貓柱」一詞開始具有意義。——我是這麼覺得。

舉例來說——我試著在腦中叫出這個小鎮的地圖（雖然我還稱不上能準確地掌握這小鎮的一切）。

在戰時幾乎不曾遭受過空襲的這個小鎮上，至今仍遺留在各地的古老寺院和神社等大規模的建築。從平安朝就深受氾濫所苦的黑鷺川河堤和河橋，來到現代後，在連結市街與徒原村、如呂塚的「Q電鐵如呂塚線」的半途，開挖了一條隧道。位於小鎮東北方外郊的保知谷，當初在整建道路時，同樣也在途中一處難以施工的場所開挖隧道。

祈求這種大規模的工程或難以施工的工程能順利成功，都會向神明獻上活祭品——據說古時候有這種風俗。這種事並非只有這座小鎮才有。而且也不是只限於日本。當作活祭品埋進土中或沉入水底的，是活人，也就是所謂的「人柱」。

在這座小鎮現存的種種事情上，是否曾經有過立人柱這樣的事實，我不知道。但要是有的話——我試著加以想像。

邁入現代後，就算立人柱這種行為遭到禁止，但改以人類以外的動物當活祭品來獻神，這種風俗以此種形態延續了下來，這也不無可能。也就是說，活祭品用的不是人，而是貓——不是「人柱」，而是「貓柱」。

舉例來說，像如呂塚線和保知谷的隧道工程……最多不過就幾十年前的事，當時其實就立了貓柱。有沒有這個可能呢？

如果是這樣的話——我進一步想像。

所謂的貓鎮，也就是過去有許多被當作貓柱而死的貓，為了平息牠們的不甘心和怨念而舉辦的儀式。難道不能這麼想嗎？

所謂的「貓柱」，沒錯，不像我一開始想到的「茶柱」那種含意，它的意思類似於「人柱」。——如果是這樣，妻子當時的反應我也就比較能理解了。

她應該是聽到我不經意地提到「貓柱」一詞，腦中就此浮現貓柱的畫面吧。原來如此，對愛貓人士來說，這肯定是光想就覺得可怕又忌諱的畫面。所以當時她才會那樣說。

「那句話，還是別隨便說比較好。」

聽深泥丘醫院的石倉（一）醫生與咲谷護士的對話，十二年一次，在今年蛇年的九月，好像會在某個地方舉辦「貓鎮」。因為是處在這樣的時期，喵，妻子才會做出那樣的反應……

不過話說回來……

過去被當作貓柱而犧牲的貓兒們，為了平息牠們的不甘心和怨念，而舉辦貓鎮。

如果這個想像沒錯，那麼，到時候到底會在哪裡舉行呢？

對這個小鎮上的居民來說，這或許是常識，但……喵喵，我還是不知道。這一切可能都已失去原本的形態，就此融入我近年來愈來愈模糊的記憶深處…………喵。

## 6

「森月太太今天早上告訴我一個消息。說今天好像有貓鎮呢。」

妻子一本正經地告訴我這件事，是在九月下旬，已過了彼岸中日[14]的星期三下午。

「妳說的貓鎮——」

一直到這時候，我好不容易才開口向她詢問。

「是在哪裡舉行？例如和它有深厚淵源的神社之類的。」

「神社？咦？」

妻子的回答出乎我預料之外。「怎麼可能辦在神社。」她微微偏著頭，臉上表情這樣寫著。

「可是，那指的不是為了平息死去的貓兒們遺留的怨恨，所舉辦的消災解厄儀式嗎？如果是這樣的話，應該算是在神社的負責範圍內吧。」

「嗯……」
妻子的頭更偏了，她望著我，那眼神就像在看什麼怪人似的。
「你在說什麼啊，才不是這樣呢。」
「咦？」
這次換我偏頭了。
「妳說不是這樣？」
「十二年前的事，你不記得了嗎？」
妻子一臉認真地反問。
「十二年前……呃……」
我急忙在記憶中搜尋。說到十二年前，當時我們還沒搬來這裡。是還住在大樓時的事。
「某天，小不點不知什麼時候從家裡逃脫，鬧出好大的風波。貓鎮這天明明不能讓貓跑到外頭去。」
「有……這麼回事？」
「你又忘啦？」
「唔……」

14 秋分當天。

「好在當時剛好房東在大樓的入口處發現小不點，先替我們看管好牠。」

「否則會怎樣？」

「人們不是都說，在貓鎮這天跑到戶外的家貓，往往都不會再回來嗎。所以……」

「嗯──」

果然不出我所料（不知道該不該這麼說），十二年前發生的事，我完全沒半點記憶。跑到屋外的家貓會如何如何，我也從來沒聽說過。──我是這麼覺得。

「不過──」

雖然我現在的心情已有點半自暴自棄，但我還是開口說道。

「既然會稱之為貓鎮，應該是在某個地方，有某個人用某種方法『鎮住』了『貓』吧。如果不是神社的話，會是什麼地方呢？」

「詳細情形是怎樣，我不知道。」

妻子單手托腮，再次向我投射出像在看什麼怪人般的眼神。

「不過，你好像誤會了。」

「可是──」

「總之，今天絕不能讓小不點和可羅到屋外去，貓的飼主最好也別外出，尤其是天黑後，否則……」

「否則？」

妻子沒回答，她以奇怪的緊張表情別過臉去。

# 7

就這樣，這天從白天開始，妻子便在家中將所有窗戶牢牢關緊，甚至準備了貓咪牽繩。牠們原本就是都養在家中，不會讓牠們外出的家貓，應該沒必要做到這個地步吧。我心裡這麼想，但沒說出口。

即將下午四點時，我獨自出外散步。我心想，如果是天黑前外出，應該沒問題吧。散步時要是看到附近的貓咪，不知道牠們今天會是怎樣的情況，我對此很好奇。

妻子並沒阻攔我，就只說了一句「路上小心」，便送我出門。此時已經被拴在客廳角落的小不點和可羅，吵鬧地叫個不停，以表達牠們的不滿。喵、喵～……就像是在回應雌貓發情的叫聲般。

而這天，我一樣採取最近固定走的散步路線。

從九月中旬開始，炎熱的天氣已逐漸趨緩。雖然現在這時間離黃昏尚早，但已相當涼爽宜人，在這個時間散步，基本上相當舒適。然而——

沒看到半隻貓。

不論是實驗農園的入口附近、千首院的門前，還是白蟹神社境內。——平時常看到貓咪，但現在卻遍尋不著。

只是因為和平時散步的時間不同，所以剛好牠們都不在嗎？或是因為今天是貓鎮的日子？兩者之間有什麼關係嗎？

走出白蟹神社境內後，我沒像平時一樣踏上歸途，而是繼續散步。要是能在哪裡看到一隻貓的話，或許我就滿意了。我偏離平時走的路線，試著往南走了一大段路。但不管我走再遠，還是沒遇上半隻貓。不知不覺間，來到與原本路線隔了一大路段的深泥森神社前，我試著走進神社境內。但還是沒遇到半隻貓。

這是為什麼？

在貓鎮的這天，難道鎮上的貓會全都消失嗎？所以才不能放家貓外出嗎？啊～可是為什麼會這樣……

我極力思索，但想不出答案的疑問一直困擾著我，我就像被附身似的，繼續往前走。儘管日落時分已漸漸逼近，但我還是沒有想回家的念頭，一直都不覺得該回家了……

然後……

當我猛然回神，人已身在一條和緩的坡道途中。

我不經意地抬眼望向路旁，發現以黃昏逼近的天空當背景，有一座老舊的四層樓鋼筋水泥建築的影子——

**醫療法人再生會**
**深泥丘醫院**

有一塊隱隱散發白光的招牌。那是我很常去的那家醫院，但這時不知為何，以前我第一次造訪這家醫院時的情景，與此刻的情景相互重疊，就此憶起。這種情況稱之為「既視感」，不知道適不適當，但總覺得有種類似的感覺。

那應該是約莫九年前，記得是四月的事。——正當我搜尋自己的記憶時。

搖晃。

我突感到一陣劇烈暈眩。

搖晃。

我承受不住，伸手緊抵額頭，低語一聲「真傷腦筋」。對了，九年前的那時候，我也同樣手抵額頭，說著同樣的話——我是這麼覺得。當時我馬上做出判斷「就在這裡就診吧」，而前往醫院——我是這麼覺得。

這時我聽到有人叫喚我的名字。仔細一看，聲音的主人就站在醫院的大門一帶。但我承受不住暈眩，直接就蹲在路上……「啊，您不要緊吧」，前方傳來她的聲音。接著是朝我跑來的腳步聲……

「您不要緊吧？」

來到我身旁後，她又問了一聲，彎著腰查看我的神情。

「啊……咲谷小姐。」

我勉強做出回答。

「不好意思，突然又感到一陣暈眩。」

「這樣啊，那就沒什麼大問題了。」

咲谷護士如此說道，朝蹲在地上的我伸手。這時，我看到她左手腕裹著厚厚的繃帶。雖然因暈眩而搖搖晃晃，但在她的攙扶下，我勉強站起身。這時她豎起左手食指，舉起手臂，指尖戳向我額頭中央。

「啊！」

我忍不住叫出聲來。她手指碰觸我額頭的瞬間，說來也真不可思議，我的暈眩就此不藥而癒。

「謝……謝謝您。感覺……」

「那我們走吧。」

護士說道。她穿著一件白色針織衫，外面罩著一件薄薄的紅色防寒夾克。她今天的工作已經結束，正好走出醫院嗎？

「走吧。」

護士又說了一遍。

「可以行走了吧。」

「對——」

我回答後，這才感到納悶。

我第一次遇見護士咲谷，沒錯，也是在九年前的春天。從那之後一直到現在，她當然應該也多了九歲……但像這樣就近細看後發現，她還是和九年前一樣沒變。——我是這麼覺得。和九年前一樣沒變，她至今看起來仍是一位「年輕的護士」。

並不是因為我老了，而她看起來相對年輕。簡直就像只有她一個人跳脫出現實的時間流逝之外。這是……為什麼？

「今天我有預感會遇見您。」

護士說。

「明明是貓鎮之日，卻還遇見我是嗎？」

「就因為是貓鎮之日。」

「可是，聽說今天——尤其是太陽下山後，貓的飼主最好別外出。」

「您是這樣聽說嗎？」

「對。聽我妻子說的……」

「夫人在家中對吧。」

「應該是。」

我回答後，注視著她的臉。

「我記得咲谷小姐您家中也養貓吧？」

「這……」

她臉上微微蒙上一層暗影，如此回答。

「我家的貓，今年年初突然死了。所以我已經不算是『貓的飼主』。」

「——這樣啊。」

「所以……好了，我們走吧。」

「走——走去哪兒？」

面對我的詢問，她豎起左手的食指，抬起手來。手指直直地指向從醫院前方通過，順著深泥丘而上的坡道，對我說道：

「到山丘對面去。」

## 8

以前我也不時會走在這條翻越深泥丘的道路上，但如今細想，我已有好一陣子沒到那兒去了。並沒有什麼明確的理由。就只是不想去。

小山丘頂端有一座小型的自然公園，那裡有一條通往山丘對面的步道，有別於一般的道路，是特別鋪設……我還清楚保有這方面的記憶。通往頂端的路上有個十字路口，記得有名為「深泥丘三地藏」的其中一尊地藏王石像（好像是三地藏中的「三眼」地藏……）。

有清楚知道的部分，也有不清楚的部分，當中甚至有完全的空白。這一切都斑駁也混雜在一起，形成我模糊的記憶。

在護士的帶領下，我就此走在山丘上。但走著走著，我發現一件怪事。

來到醫院前面時，已逼近黃昏時分的天色，之後沒再變化。不管我們走再久，始終都還是維持那「逼近黃昏時分的天色」。隨著日落的時間靠近，天色逐漸轉暗，這是理所當然，但眼前的情況卻非如此。簡直就像時間就此凍結。——如今回想，就是從這裡開始，我所認識的這個世界的「現實」，它原本該有的輪廓正逐漸崩毀。

我們兩人保持微妙的緊張關係，走在這感覺會永遠持續下去的黃昏時分。

「呃……我從很久以前就想問您了——」

越過山丘頂端，走進下坡的步道後，我和她才慢慢開始交談。

「咲谷小姐，您該不會是南九州貓眼島上的人吧？」

「對，沒錯。」

護士很坦然地回答道。

「之前我沒跟您說過嗎？」

「這個嘛……」

「在國中之前，我都是在島上長大，後來舉家遷往東京。」
「果然沒錯。」
隆隆……
隆隆隆隆隆隆……
突然一陣海鳴聲開始在我腦中響起。這是——
我記得這是……啊，原來如此。是什麼時候的事呢，記得在哪兒見過（——我是這麼覺得）錄影畫面。當時在影片中持續傳來的，就是這樣的海鳴聲。
「咲谷小姐。」
我朝她瞄了一眼。
「您和我太太……」
我想問個清楚，卻不知該說什麼。
您和我太太是否一起去過貓眼島？——我其實是想如此詢問。——我是這麼覺得。
「呃，咲谷小姐。」
我改口說道。
「咲谷小姐，您的名字……」
「我的名字是嗎？」
「對，我想問的是……」

我想說，卻又不知該說什麼。

您的名字……啊，怎麼回事？我到底想對她說什麼？

我的思考一片混亂，但就在這時，宛如要將它連根切除般——

從某處傳來一陣怪異的聲響。

吼～吼～

分不清是雷聲、風的呼號聲，還是什麼巨大生物的嗥叫……

我不禁停下腳步。護士往前走了二、三步後停了下來，轉頭望向我。

「好像快要開始了呢。」

她如此說道，接著露出一抹透著詭異的淺笑。

「好了，我們走快點吧。」

## 9

隆、隆隆、隆……遠處傳來這樣的聲響。——我是這麼覺得。

隆隆、隆、隆隆隆隆……聲響逐漸朝我逼近。——我是這麼覺得。

越過山丘後往下走的坡道，斜度變得和緩許多。再繼續這樣走一段路，前面應該會有Q電鐵如呂塚線的鐵路，以及柵欄和警報機都很小的平交道……來到這裡，我再度被一種很像既視感的記憶痛楚所困。

遠處傳來那宛如地鳴般的聲響。和我一起走下坡道的，是身穿紅衣的深泥丘醫院護士……類似的狀況，我以前經歷過。──我是這麼覺得。以前……那已是好幾年前的事了。

當時好像在下方的鐵路上有什麼東西……啊，對了，感覺好像出現某個很驚人的東西。當時好像是九年前的秋天。雖然已無法清楚地憶起，但……隆、隆隆隆隆，當時那東西好像……隆隆隆……從通往徒原村的隧道竄出，隆隆隆隆，在鐵路上飛馳，然後……

……嘰

又來了？

嘰咿咿咿……

那東西又來了？

我始終無法清楚地憶起，就只有對當時目睹（──我是這麼覺得）的淒慘光景產生的恐懼就此甦醒，令我全身僵硬。不光肉體，就連精神也同樣為之僵硬。

「就快到了。」

與我並肩而行的護士，此時主動停下腳步說道。

「原本想一路和您一起走去，但我改變心意了。接下來您自己一個人走。」

「啥？」

她在說什麼……為何這麼突然？而她就像無視於我的困惑似的，補上一句「對了──」，接著往下說。

「關於我的名字。」

「啊，是。」

「夫人和您結婚後，改冠夫姓，在工作上也用別的名字，表現活躍，不過，她原本和我同姓。我知道這件事情時，有點驚訝。」

啊，沒錯。

雖然我身為她的丈夫，但我當時也一樣驚訝。

我是在九年前的春天第一次造訪深泥丘醫院。這位護士從那之後便對我多所關照，而當我第一次看到她白衣胸前的名牌寫著「咲谷」時，我當然有點驚訝——甚至應該說，有種「奇怪的感覺」。因為以全國來看，「咲谷」這個姓氏相當罕見。

「不過，仔細想想，因為夫人在貓眼島上出生，所以也沒什麼好驚訝的。因為那座島上的住戶，有半數以上都姓咲谷。」

經這麼一提——我的記憶突然又一陣犯疼。

那是什麼時候的事呢，之前和妻子一起回那座島時，曾去就診的那位牙醫師，就叫「咲谷牙科」。當時我接受了很可怕的治療……

「那麼……」

護士說。

「請代為向夫人——由伊小姐問候一聲。」

接著她有點做作地朝我深深行了一禮，接著再次說了聲「那麼」。

「那麼，請容我就此告辭。」

她這句話才剛說完，上空馬上落下巨大的黑幕。它擁有詭異而又熟悉的天鵝絨質感，微微隨風擺動，將和我妻子的舊姓一樣都是「咲谷」的她，以及一個短暫出現的大蛇幻影一同抹除，封印在深邃的黑暗中。

## 10

接著我獨自走在通往山丘後方的步道上。

轉頭一看，後方只看得見無比深邃的幽暗。但前方依舊是黃昏景致，與開始攀登山丘前一樣。似乎從某處射來一道紅光，但我看不出太陽此時位於何方。

眼前是一大片從未見過的荒涼景致。

與記憶中「山丘後方」的風景大不相同。連一戶民宅也沒有，也看不到如呂塚線的鐵路和平交道。放眼望去盡是荒野，高大的芒草叢生……

吼……

傳來某個聲音。

吼、吼～

這是剛才我在坡道途中聽到，忍不住停下腳步的那個聲音。與九年前的秋天，在這同樣的場所，看到在如呂塚線的鐵路上飛馳（——我是這麼覺得）的那個東西所發出的聲音不一樣，完全不同。這怪異的聲音到底是……

我感到困惑和恐懼，但在這種情緒中，又摻雜著些許奇怪的激昂感。

我呆立原地，環視山丘後方的荒野。

不久——

在左前方的遠處，我看到某個東西站起身。以整體來看……是個無比巨大的怪異之物。

吼～吼～

傳來這陣聲響。

吼～～吼～～

分不清是風的呼號聲還是雷聲，感覺像是巨大生物的嗥叫聲，如此怪異的聲響。是那東西發出的聲音嗎？是牠嗎？

我呆立原地，為之瞪大眼睛。

在遠處站起身的那個東西，轉眼已朝我靠近。

# 11

一開始我以為是龍捲風。

乍看之下有數十公尺高。牠感覺都快抵達上空的雲層了，遠看就像是灰色的龍捲風。

然而——

隨著牠逐漸靠近，我這才徹底明白。

那不是龍捲風。而是……

「……貓？」

我大感錯愕，暗自低語。

「是貓嗎？那是貓嗎？」

這怎麼可能。但此時我直覺的認知並沒錯。——我是這麼覺得。

那灰色的巨大怪異物體，是由數百隻、數千隻……不，是數萬隻貓所組成。無數的貓兒們集結在同一個地方，成群地飛上空中，形成那樣的物體。

當我以為那是龍捲風而望著它發呆時，它看起來確實也很像龍捲風，但當我明白那是貓之後，那東西的整體形象頓時變得鮮明，看起來像是以後腳站立的灰色巨貓。就連那吼～吼～的聲音也是。這怪異的聲響，是形成那物體的貓兒們一同發出的叫聲所匯聚而成。有時分別是單音的「喵」，有時是「喵喵喵」，有時是「咪」，有時是「咪嗚」，而成千上萬隻的貓聚在一起，相互鳴叫產生共鳴，結果變成如此巨大的聲響……

「……貓柱。」

我不自主脫口說出這個名稱。

「是貓柱。」

不是像「茶柱」或「人柱」那樣，這簡直就像「蚊柱」。

這不是我們平時看到的那種規模所能比擬。像家蚊、搖蚊、大蚊等等的雄蚊成群飛舞，看起來像立起柱子般的這種現象，稱之為「蚊柱」，但如果群飛的規模較大，有時甚至會立起高達數十公尺的「柱子」。而此時眼前的貓兒們就這樣成群形成了「柱子」……

「貓柱……」

就在我再次說出這個名詞的剎那。

我的知覺將我的肉體留在地面上，自行化為「眼睛」，在時間暫停的黃昏下自在地遨翔天際，衝進灰色的巨貓中。

接著我看到了。

有白貓、黑貓、虎斑貓、玳瑁貓、雙色貓、花貓……各種貓都在裡頭。雖是以日本貓為主，但很多洋貓和雜種貓也都混在裡頭。然而——

我當然不認為這些貓全都是實體。貓與蚊子不同，牠們原本並沒有飛行能力。就我此時所見，牠們全都採頭在上，尾巴在下的姿勢站立，像竹蜻蜓一樣轉個不停，飛向空中。有些貓就這樣飛了數十公尺高，有些則是自己懶得動，被飛上空中的貓兒們產生的上升氣流捲入，就此跟著浮向空中……不過，果然和我想的一樣。

冷靜想想，這一切應該都不是實體。牠們絕大多數應該都不是實體，而是鬼魂，或是像幻影般的東西。也就是說，形成貓柱的，不光是現在住在這鎮上的貓兒們，還有過去曾住在這鎮上的貓兒……

……吼～！

貓柱更響亮地叫了一聲。

吼～！

吼～～！

我那化為「眼睛」，來去自如的知覺，就像被彈開似的，回到我位於地上的肉體。

我原本的「眼睛」就這樣捕捉到那全身顫動，發出「聲音」的灰色巨貓。

它到底是有什麼想法，而發出那樣的「聲音」呢？那是嗥叫，是慟哭，還是大笑呢？它如果有感情的話，那到底是什麼？是憤怒、悲傷，還是歡樂？它如果有屬性的話，它算是正向，還是負面？是善，還是惡？是光明，還是黑暗？

我一開始感覺到的困惑、恐懼，以及奇怪的激昂感，不知何時已從我心中消除。發不出聲音，也說不出話，就這樣站在地上仰望巨貓，這時我的眼睛——

隱約映照出山丘後面的風景即將產生的變化。

荒野的地面以立起貓柱那一帶為中心，突然出現裂縫，就此陷落。伴隨著一聲驚人的地鳴，陷落處就此逐漸擴大，接著，那裡形成一座大池。池水黝黑，形成湍急的漩渦。然後——

貓柱傾斜，巨貓的形體開始崩解。掉落的貓兒們逐漸被池水吞噬。牠們一一沉入水中。不知為何，我知道這座池子深不見底，不管沉得再深，都到不了池底。但貓兒們還是一路往下沉。不斷地沉落。

沉向那始終到不了的池底無邊的盡頭，最後突破水底。貓兒們落向那昏暗遼闊的迷幻小鎮，充滿詭異氣氛的熱鬧歡騰中。

# 角川文庫版後記

這是繼《深泥丘奇談》、《深泥丘奇談・續》之後的連續作品第三集《深泥丘奇談・續續》的文庫本。我在《續》的「角川文庫版後記」中也說過同樣的事，這雖說是「連續作品」，但收錄的作品各自都有相當程度以上的獨立性，所以就算直接從本書開始看，也不會有太大的障礙。——我是這麼認為。不過這姑且算是完結篇，所以從第一集開始就隱約透露的某個疑問，我在最後稍微做了個了結。不過話說回來，「深泥丘」的連續作品原本就屬於「奇談」，而不是「推理小說」。絕不會像推理小說那樣明確地「破案」，所以或許有讀者看了之後會感到納悶不解。

既然都已經是這時候了，我就在這裡直說了吧，前面提到的「某個疑問」，指的就是和「咲谷由伊」有關的疑問。

這是從《眼球綺譚》（一九九五年）以來，便常在綾辻的驚悚系列、怪奇幻想系列的小說中登場的姓名，雖然同名同姓，但原則上她們並非同一個人。

——這是對共同擁有這個前提的讀者們所布下的一個小陷阱，就隱藏在這個連續作品中。所以可能有不少人看不懂吧。──尚請原諒，請莫見怪。至於看懂的人，就請來個會心的微笑吧。

從二〇〇四年初夏的〈臉〉，到二〇一五年冬天的〈貓鎮〉，我以怪談專門誌《幽》作為主要的發表雜誌，以緩慢的速度持續寫下「深泥丘」的連續作品。在這段時間，我同時寫了長篇故事《殺人驚嚇館》（二〇〇六年）、《Another》（二〇〇九年）、《殺人奇面館》（二〇一二年）、《Another episode S》（二〇一三年）。歷經十多年的漫長時間，投入與之前的作品風格落差極大的這套連續作品中，現在回想，覺得就某個層面來看，這對我而言是必然的結果。雖然沒有任何一部作品輕鬆順利就能完成，不過，「深泥丘」的每一篇作品，雖然在寫作時很辛苦，但我很樂在其中──我是這麼覺得。

對於一路陪伴的讀者們，我也要藉這個機會，表達我由衷的感謝。──謝謝你們。

基於這個緣故，我還是依照角川文庫版的慣例，在本書一樣針對收錄的各篇故事，先寫下一些我自己的解說吧。

## 〈剋流感〉

說到口服型抗流感病毒藥，馬上會想到實際存在的「克流感」。關於這款藥，當初一度也因為重大的副作用而備受關注，但最後得到的結論是「蒙受不白之冤」，這已是很久以前的事。而在本作中登場的「剋流感」，當然是虛構的藥物，所以請勿與現實混淆。「剋流感」的命名由來，當然是源自楳圖一雄大師的知名漫畫《魔嬰少女》，不知道的人請務必一讀。

## 〈遺忘與追憶〉

寫這篇作品是在發行《殺人奇面館》半年後，所以才會浮現「奇面祭」這個名詞和畫面。經這麼一提才想到，我寫〈狂櫻〉（《深泥丘奇談・續》收錄）是在《Another》的連載結束後，而〈山丘的那一邊〉（《深泥丘奇談》收錄）則是在我擔任原作的漫畫《月館殺人事件》（二〇〇五年／二〇〇六年）開始連載前。我大腦的運作模式也太好懂了吧。

**〈無法減少的謎〉**

真是個很蠢的故事，連我自己在寫的時候都覺得很傻眼——這種情形在「深泥丘」中常發生，本作算是它的代表之一。「不管再怎麼解謎，都無法減少的謎」這樣的內容，似乎可以寫出正經的本格推理小說，是個很不錯的標題呢——我現在甚至這麼認為。

**〈死後的夢〉**

這也和前作一樣，一個很蠢的故事……在寫的時候都覺得很傻眼。舉例來說，〈ソウ（SOU）〉（《深泥丘奇談．續》收錄）也是如此，編輯們當初事前聽我說出構想時，似乎也覺得很為難。這也難怪。不過，最後還是完成了這個故事，這就是「深泥丘」厲害的地方。

**〈閉關奇談〉**

連續作品中唯一以東京當舞臺的故事。雖然我也有過不少次在飯店裡閉關的經驗，但通常都只會留下「痛苦的回憶」。二〇一一年秋天，為了完成《殺人奇面館》，我長期入住飯店，這故事有一半就是根據當時的實際體驗來創作，「在閉關時，要是發生這種事，一定很受不了吧」這樣的幻想進一步擴張，最後寫出了這個故事。

〈海鳴聲〉

在「深泥丘世界」裡，有「我」不知道（或是忘了）的各種「詭異的現實」，但在這個故事裡，竟然連在「我」居住多年的住家內都發現了怪事。地下室那一整排詭異文件的標題，或許有人已經發現，那是向小野不由美的《鬼談百景》借用而來。

〈夜泳〉

這也和〈閉闢奇談〉一樣，一半基於實際體驗，由幻想擴張而來的作品，同時也是與〈閉闢奇談〉成對的作品。位於「Amphibian」內的「讀書室」——「Arkshem」這個名稱，是我自己造的詞。這個專有名詞有個特別的含意，幾乎沒人知道。就維持這樣也不錯。

〈貓密室〉

當中只有這一篇發表在《文藝角川》。記得在二〇一〇年秋天，於東京某處，剛好有個機會與道尾秀介、辻村深月兩位作家聚餐，這時我半開玩笑地想到一個題材，就是這篇〈貓密室〉。之後過了五年，我只憑藉著「完全沒被人踩踏過的貓兒們」這種有趣的表現方式，完成了這部作品。

## 〈貓鎮〉

「貓柱」的點子，是我實際聽家人說出夢境後才想到的。當初就只是讓它與克里夫・巴克[15]的某個短篇故事的畫面重疊。結果就此成為一篇風格截然不同的作品，不過，很慶幸是這樣的結果。附帶一提，對身為作者的我來說，在「深泥丘」連續作品中，這是我數一數二喜愛的作品，還記得當初完成時感慨良深。

接下來，也稍微在此提及來自單行本「後記」的引用和重新收錄。

這部「深泥丘」連續作品，有我在創作時同時製作的「深泥丘年表」。雖然在各個作品中沒有西元幾年或平成幾年這類的記載，但我各自都為它們假想了具體的「年份」。因為都已經是這時候了，就大致公開它們的對應關係吧。

第一篇作品〈臉〉，是發生在二〇〇四年四月的故事。而第一集最後一篇的〈聲音〉，是發生在二〇〇六年除夕到隔年元旦這段時間。

第二集的〈鈴〉是二〇〇七年五月。最後一篇〈廣播塔〉是二〇〇九年七月～八月。

第三集的第一篇〈剋流感〉，是二〇〇九年十月。最後一篇〈貓鎮〉是二〇一三年八月～

九月。

——大致是這樣。

上述是我自己做的備忘錄。至於在各個時期，「現實世界」裡發生了什麼事，則可作為各位逐一回想時的線索。

—

話說，「深泥丘」連續作品，我原本打算以本集告一段落，不過，對於這個悠閒又詭異的「不存在的京都」，我自己也很喜愛，打算日後要以某種形式再次造訪。至於是以何種形式，目前還沒決定，不過，喜歡這裡的讀者們，敬請期待。

二〇一九年　七月

**綾辻行人**

15 Clive Barker，英國劇作家、小說家、電影導演。因一系列短篇小說《血書》而嶄露頭角，被改編成電影的小說，較出名的有《地獄使者》系列。

國家圖書館出版品預行編目資料

深泥丘奇談・續續 / 綾辻行人著；高詹燦譯. -- 初版. -- 臺北市：皇冠, 2023.08　面；公分. -- (皇冠叢書；第5096種)(奇・怪；25)

譯自：深泥丘奇談・続々

ISBN 978-957-33-4056-0 (平裝)

861.57　　112011387

皇冠叢書第5096種

奇・怪 25

# 深泥丘奇談・續續

## 深泥丘奇談・続々



作　　者—綾辻行人
譯　　者—高詹燦
發 行 人—平　雲
出版發行—皇冠文化出版有限公司
台北市敦化北路120巷50號
電話◎02-27168888
郵撥帳號◎15261516號
皇冠出版社（香港）有限公司
香港銅鑼灣道180號百樂商業中心
19字樓1903室
電話◎2529-1778　傳真◎2527-0904
總 編 輯—許婷婷
責任編輯—陳思宇
美術設計—李偉涵
行銷企劃—薛晴方
著作完成日期—2019年
初版一刷日期—2023年8月

法律顧問—王惠光律師

讀者服務傳真專線◎02-27150507
電腦編號◎512025
ISBN◎978-957-33-4056-0
Printed in Taiwan
本書定價◎新台幣340元/港幣113元